いつかパラソルの下で

森 絵都

角川文庫
15106

JN307057

目次

一章

達郎《たつろう》には噛《か》み癖があって、それは遠慮がちな猫の甘噛み程度にすぎないけれど、達する一瞬だけは制御不能になるらしく、歯と歯のあいだを鋭い痛みが駆けぬける。それは私の痛みだ。私はぴくっと背を反らし、ここぞとばかりに吐息を潤ませる。その一点に神経を集中する。すがるようにそうする。いつまでもそこに彼の歯と歯を感じていられればいいのにと思う。けれど次の瞬間、達郎は汗にそぼった肌を粟《あわ》立てて力尽き、あ、とか、う、とか言いながら出しきって、私の下でくったりと動かなくなる。

肌に絡みつくジェルをシャワーで流しながらふと見ると、ふくらはぎの裏にはくっきりと彼の歯形が残っていた。

一見、八重歯とも見間違う大きな犬歯。その尖《とが》った先の痕《あと》にはうっすらと血も滲《にじ》んでいる。この痛みを、この赤みを、このへこみを、いつまでもここに刻んでいられればいいのにと私は切に願う。

「達ちゃんもシャワー浴びてくれれば。それでちょっと昼寝でもして、夜は野菜炒《いた》めかな」

バスタオルを巻きつけて部屋へ戻ると、達郎は布団にうつぶしてまどろみ、網戸越しの風を受けたカーテンがその髪を撫《な》でるようにかすめていた。マリンブルーにひだまりのような水玉を浮かせたそのカーテンは、約半年前にここへ転がりこんできてから私が唯一、自分の好みで買い換えたもので、私はあたかもこの手で彼の髪を撫でているような満足感に浸される。外界の強烈な光線から彼を守っている気分になる。

六月の、すでに蒸しっぽい畳の部屋で私が幸福なあくびをしたとたん、壁際のカラーボックスの上から携帯電話が着信メロディを奏でた。

ショパンの葬送行進曲。私の携帯だ。しかも、この曲はグループ4――身内からの着信専用に設定されている。

「もしもし、私。今日の約束、忘れてないよね。うちに三時集合。時間厳守。問答無用。頼んだよ」

妹の花《はな》だった。

「あー、今日、そうだっけ」

「そうだっけ、じゃないよ。一昨日《おととい》も確認のメール入れといたでしょ。何でも忘れちゃうんだから」

忘れていたわけではなかった。私はただ達郎と昼寝をしてから野菜炒めを食べたかっただけだ。

「ねえ、どうしても今日でなきゃだめ？」

「なに言ってんのよ、だいぶ前からスケジュール調整して、やっと今日になったのに。お兄ちゃんだって今日を逃したらまたいつ気が向くかわかんないじゃない。まったく、二人ともそんなに忙しくもないくせに、もったいぶっちゃって」

「ていうか、別に今から集まることもないじゃない。一周忌まであと四ヶ月もあるんだよ。そもそも一周忌なんてそんな、わざわざ集まって相談するほどのものでもないし、あのお寺のお坊さんまた呼んで、お墓の前でお経を上げてもらって一緒にお祈りして、帰りにみんなで焼き肉でも食べればいいんじゃないの。いいよ、花の食べたいものにして」

「そうやって簡単に言うけど、お坊さんへのお礼だってピンキリなんだから」

「じゃあ、キリにしよう」

「お兄ちゃんもそう言ってた。浮かばれないよねえ、お父さんも」

そうぼやきながらも妹自身、キリについては異論を唱えようとしない。

「とにかく今日はちゃんと来てよね、ちょっと本気で相談事もあるんだから」

「相談、ねえ」

「いいから、しゃきっと支度して来ればいいんだよ、三時までに」

話はそこで打ち切られ、私が携帯電話をカラーボックスの上に戻すと、背中から達郎の声がした。

「行っといでよ」

「あ、ごめん、起こしちゃった？」

「明日は実家に帰らなきゃいけないって、あんた確かに昨日から言ってたよ」

「ああ、うん、そうなんだけど。じゃあ、野菜炒め作ってから行こうかな」

「いいって。俺も俺で適当にやるから。外に食いに行ってもいいし」

そうは言っても、彼は決して一人で外食などしないことを私は知っている。

「あ、じゃあいっそのこと、達郎も一緒に行く？　注目浴びるよ」

「浴びたくないよ。行ってらっしゃい」

気だるげに寝返りを打って私に背を向ける。しっとりと湿って、ひんやりとして、気持ちの良さそうな背中だ。あそこに寄りそって昼寝をしたかったな。一緒に風を受け、カーテンに撫でられて、その襞《ひだ》からこぼれる陽射しに瞼《まぶた》をぷるぷる震わせたかった。せっかく土曜日に達郎が家にいて、冷蔵庫にはきゃべつもにんじんも豚肉もあるのに、外出なんてもったいない。

未練たらたらの私はわざと時間をかけて服を選び、八分袖《そで》の黄色いカットソーとオフホワイトのスカートをもたもたと身につけると、もう一度だけ達郎に「行かない？」と尋ねて黙殺され、やむなく部屋を後にした。

それでも一歩外へ出ると、さすが六月の梅雨入り前。世界の万物が夏へのカウントダウンを始めたように色めき、香りたち、むんむんと熱気を放っていた。初夏っていいなあ。私は素足に履いたサンダルでつやつやとしたアスファルトを蹴《け》りながら思う。今にも何かが始まりそうな感じ。目に映るすべてがスタートラインに足を並べて、右足の踵《かかと》を持ちあげ、ようい、どん、の合図を待っているような。

太陽も健全だ。もったいぶったところがない。素直にぴかぴか光っている。

良い気分で電車を乗り継ぎ、約束の三時に間に合った私は、しかし、実家の門をくぐるなり意気消沈した。

一体いつの間にうちの庭はこんな有様になってしまったのだろう。門から玄関までのわずか三、四メートル、どこを見てもまともな手入れをされている気配がない。

最後にここを訪ねたのは、去年の秋。父の四十九日の折で、そのときも内心、庭全体の色調が微妙にどぎつくなったかのような違和感を覚えていた。完璧《かんぺき》主義者の両親が万全の手入れを施してきただけに、剪定《せんてい》の甘い庭木の一枝さえもひどく目につくのだ。あれから約七ヶ月、父を失い、母にも見捨てられた植物たちは過酷な生存競争を経て独自の生態系を確立するに至ったらしく、プランターや鉢植えの花は軒並み枯れはて、手のかかる繊細な植物も朽ち、雨だけで生き延びるタフな種のみが猛威をふるっていた。

もはや人間の出る幕はなさそうでもあるが、見るに見かねて私は妹に言った。

「あれ、どうにかならないの？　荒れ地みたいっていうか、幽霊屋敷みたいっていうか、そのうち誰かが猫とか捨てに来るよ」

立場上、普段はこの手の姉らしい発言を極力控えている。

「そんなこと言うなら、お姉ちゃんがやってよ」

と、噛みつかれるのが目に見えているからだ。

案の定、そうなった。

「私は一人しかいないんだから。ていうか、この家に使える人間はもう私しかいないんだから。お父さんとお母さんがやってたこと、ぜんぶ私がやって、その上、庭の面倒まで見ろっての？　末っ子の私にそこまでやれっていうならやってあげてもいいけどさ、代わりに今度は家の中が荒れても責任持たないからね」

ヒステリックな反応にたじろぎながらも、私は妹の渋面よりもむしろ彼女のシャツの左胸にある古風な松の刺繡《ししゅう》から目を離せずにいた。妹は昔から胸元のワンポイントを偏愛し、しかも、よりによってなぜこれを……と誰もが首をかしげる絵柄ばかりをどこからか探してくる。化粧っけや洒落《しゃれ》っけこそないものの、顔の造形やスタイルはきょうだい随一の妹が二十三の今まで異性と無縁できたのは、たぐいまれな堅物人間の父がついこのあいだまで目を光らせていたからだけではなく、知り合う誰もが彼女の顔よりも胸元のワンポイントに目を奪われてしまうせいではないかと私はひそかに勘ぐっている。

加えて、愛想笑いの一つもしないかたくなな性格も良くない。

「まったくさ、お兄ちゃんにしてもお姉ちゃんにしても、さっさと家を出ていった人は気楽なもんだよね。自分たちがこの家の長男長女だってこと、完全に放棄した気でいるんでしょ。お父さんいなくなったら少しはうちに寄りつくかなって思ったら、四十九日以来、またぷっつりだし。たまに珍しく連絡よこしたかと思うと、また恋人が替わって引っ越したの、携帯替えたの、仕事変わったのって、そんなのばっかり。私はね、二人を見てて骨の髄まで思い知ったよ。愛だの恋だのに寄りかかってると、うわついた、中身のない人生を送ることになるんだって。地に足のつかない根無し草みたいになっちゃうんだって」

　少し遅れて兄が到着すると、妹は居間でまどろっこしい作法の中国茶を淹《い》れながら、いよいよ弁を熱くした。この手の文句は父の四十九日にもさんざん聞かされていたから、私も兄ものほほんとしていた。

「まあ、そう言うなって。公務員のおまえにはうわついてるように見えても、俺も野々《のの》もそれなりに堅実に生きようとはしてるんだよ。な？」

「うん、うん」

「じゃあ聞くけどさ、この前会ったときお兄ちゃん、チワワを三匹飼ってるネイルアーティストの彼女と暮らしてるって言ってたけど、今はどうなわけ？」

「あの彼女はチワワごと出てってさ、今はまたちょい違うけど、なかなかがんばり屋の良い子だよ。昼間は芸能プロのスカウトマンをしながら、週に一度は夜、ソムリエの教室にも通ってる」

　ああ、それはなかなかのうわつきっぷりだねえ、と私が言うよりも早く、妹の容赦ない声が飛んだ。

「お兄ちゃん、今、二十八だよね。あと二年で三十になるんだよね。私の計算違いってわけじゃないんだよね？」

　真顔で問われ、さすがの兄も憮然《ぶぜん》と口を結ぶ。眉間《みけん》に皺《しわ》を刻んだ厳《いか》めしい表情は生前の父とよく似ている。ただし、父の厳めしさには一点の曇りもなかったのに比べ、兄の場合はどんなにしかめっ面をしようと一定の甘さが見え隠れして、そこが女の母性本能を刺激するのかもしれない。

「でも俺、仕事はここんとこずっと同じの続けてるぜ。一応、社員だし、社会保険にも入ってるし、厚生年金だって払ってるし。野々はどうなわけよ。おまえ、友達のイベントショップ手伝ってるとか言ってたけど、まだそんなことやってんのか」

「ああ、あれはもう辞めて、今は友達の天然石のお店を手伝ってるの。いろんなパワーストーンとか扱ってるところ」

「天然石？」

「パワーストーン？」

「これ、ペリドットって石」。解せない様子の二人に、私は胸元に垂らしたオリーブ色の石を指でつまんで見せた。「綺麗《きれい》でしょ。古代エジプトでは暗黒の恐怖から身を守ってくれるって言われてたパワーストーンで、結構、売れ筋なの。これなんか大粒で状態もいいから、一粒、八百円」

「はあ、そんな石ころが……。いいなあ、おまえ、良い商売見つけたなあ」

しきりに感心する兄の向かいでは、妹が見下げきった目つきで私をにらんでいる。

「お姉ちゃん、そんなインチキ商売に加担して恥ずかしくないの？　お兄ちゃんもそこで羨《うらや》んでる場合じゃないでしょう。ねえ、お父さんがさ、今の二人を天国から見てたらどう思うよ？　泡を吹いて卒倒するよ。心臓発作でもう一度死ぬよ。頼むからうちにいた頃みたいにさ、もうちょっとまともな人間に戻ってよ。ごきょうだいは何をされてるのって、友達や職場仲間に訊《き》かれても赤面しないですむ程度の身内でいてよ」

「なんだよ、それ。おまえさ、天国の親父を気にしてんのか、世間体を気にしてんのか、どっちかに的を絞れよな。大体、きょうだいったって八年も離れて暮らしてりゃ他人みたいなもんだし、考え方だって生き方だって違って当然だろ。なんで俺がおまえの価値観に合わせなきゃなんねえんだ。まったく、昔はそんなつまらねえこと言う奴じゃなかったのに、八年経てば女も変わるもんだよなあ」

「変わったのはお兄ちゃんのほうじゃない。昔はそんな、安っぽいホストみたいな顔してなかったのに」

「まあ、まあ、花もお兄ちゃんもそう突っかからないで……ていうか、二人は昔からそうして突っかかり合ってたよ」

「そう、それでお姉ちゃんはそうやって表面的には仲裁に入るけど、頭の中じゃなんにも考えてないんだよね」

　きょうだいって不思議だな、と、こうして会うたびに私は思う。めったに顔を合わせない間柄でも、会えば会ったで各自がすんなりと本来のポジションへ収まる。おのおのの役割を血が記憶している。

　血。反射的に私は座布団からはみだしたふくらはぎへ目をやった。そこにはまだ達郎の歯形が生き生きと印されていて、色鮮やかな赤紫の鬱血《うっけつ》も透けている。達ちゃん。なんて思いながらその痕《あと》を指先で撫《な》で、ちょっとにやけて顔を持ちあげたところ、となりに座る兄の視線が脚の歯形に注がれているのに気がついた。

ひっ、とうろたえ、慌ててスカートの襞《ひだ》で覆った。歯形を見られただろうか。兄は何かを察したか。うかがうように目をやると、この手のことに限って妙に鼻の利く兄は不穏な薄ら笑いを唇に載せた。

「盛んだな」

かっと頬が赤らんだ。

「何言ってんのよ、お兄ちゃん」

「ばか、ジョークだよ、ジョーク。あ、ていうか、マジ？」

「え……違う、違う」

「ほおお、マジかよ、おい」

「違う、違う、違う」

「どうしたの、お姉ちゃん」

「別に。お母さん、遅いねえ」

空々しく玄関のほうへ首をひねった。

「どこ行ったんだっけ」

「だから、病院だってば」

「どこが悪いんだっけ」

「どこも悪くないのよ」

「え、じゃあ何をしに？」

「悪いところを見つけてもらいに行ったんじゃないの」

　仏頂面で言い捨てると、右腕だけをぬっと突きだし、私と兄の湯飲みを寄せ集める。今は話しかけてくれるなと目で制し、再びまどろっこしい作法で新しいお茶を淹れ直す。濁った湯気を引く湯飲みを私たちの前へ戻すと、妹は軽く姿勢を正すようにしてようやく話を切りだした。

「じつは、相談っていうのは、そのことなのよ」


　思いもよらない方向へと話が進んだ結果、その日は一周忌の打ち合わせどころではなくなってしまい、そうこうしているうちに母が帰宅したため、私たちは妹の作った五目焼きそばを食べてからひとまず解散と相成った。

　中井《なかい》の実家から県境を越えて朝霞《あさか》のアパートへ帰りついたのは八時すぎ。玄関を上がってすぐのダイニングキッチンで野球観戦に耽《ふけ》っていた達郎は、私が「ただいま」と言うと振りむきもせずに「早いね」と返した。台所の流しにはきゃべつとにんじんの切れカス、それからインスタントラーメンの欠片《かけら》。どうやら夕飯は野菜入り塩ラーメンだった模様だ。せめてゆで卵くらい添えれば少しは華やぐのに。

達郎は倹約家だ。いつかここではないどこかへ行くための資金を貯めているのだと言う。水道局の下請け会社で働きながら、しばしば休日も返上して友達の勤める引っ越しサービスの助っ人《すけと》にも赴き、手堅く小銭を稼いでいる。約半年前、ここへ転がりこんだ私をすんなり受けいれてくれたのだって、家賃の半分を負担するという条件が功を奏してに違いない。

流しの下から焼酎《しょうちゅう》の一升瓶を取って少し濃いめの水割りを作った私は、卵形のローテーブルを前にした達郎の横にひっつくように座った。

「早くて悪かったね」

「悪くはないけど。一周忌のこと決まった？」

「それが、そういう話でもなくなっちゃって」

誰かが投げて、誰かが打って、よしっと拳《こぶし》を力ませる監督の顔が画面いっぱいに映しだされ、となりの達郎もよしっと拳を力ませた。私は水割りをちびちびとやりながらスリーアウトのカウントを待つ。六回の表が終了して中日が守りに入ると、達郎はおもむろにテレビのボリュームを下げて言った。

「で、どんな話になったわけ？」

「うーん」

深刻な話はしたくない。重たい空気で二人の時間を沈めたくない。けれどもこれは深刻な話でも重たい話でもなく、赤の他人にとってはどちらかというと面白話の部類に入るのでは……と判断し、私は達郎に打ちあけることにした。

「お母さんがね、病院へ行きすぎるんだって」

「病院？」

「胃が痛いとか、頭が痛いとか、喉《のど》が痛いとか、腰が痛いとか、脛《すね》が痛いとか……あらゆるところを痛がって、何かと病院へ行きたがるんだって。あと、めまいがするとか、耳鳴りがするとか、腕のつけねが痒《かゆ》いとか。半年前くらいから始まって、どんどん頻繁になって、今じゃ一日おきくらいにどっかの病院へ出向いてるらしいの」

「ふうん」達郎の反応は薄かった。「年を取るとさ、誰だって多かれ少なかれそうなるんじゃないの。いろいろ不安で、誰かに頼りたくなるもんなんじゃない」

「それにしても、一日おきって多すぎない？　しかもね、この前、妹が風邪で内科へ行ったとき、先生になにげなくお母さんのこと相談したら、一度神経科に診てもらったほうがいいって言われたらしいの。病院に行かなきゃ気が済まないっていうのは、一種の強迫観念症っていうか……ほら、コンロの火を消したか何度も確かめずにいられない人っているでしょ。あれに近いみたい。先生も心配してたみたいで」

「だったら一度、神経科に診てもらえばいいんじゃないの」

「って、お母さんに勧めたら、逆上されたんだって」

妹はなるべくソフトな語り口で、もしかしたらすべての痛みは根っこのところで繋《つな》がっているかもしれない、その根っこを治したら良くなるかもよ、なんて勧めたらしいのだが、母は自分の痛みがわかってたまるかと涙ながらに撥《は》ねつけたらしい。腹が痛いといったら腹が痛い。脛が痛いといったら脛が痛い。なぜ神経科へ行かなければならないのだ、と。

それ以降も母の病院通いは続き、妹は見かねて私たちに相談を持ちかけてきたというわけだ。

「お兄ちゃんはね、お父さんを亡くしたショックでお母さん、ちょっとおかしくなってるんじゃないかって言うの。確かにお母さん、もとは几帳面《きちょうめん》な人だったのに、お父さんが死んでから炊事も洗濯もしなくなっちゃって、身なりも構わなくなったし、なんかおかしいの。すっかり無気力になって、趣味でよく弾いてたピアノにも興味をなくして、毎日テレビばっかり観て……。ときどき小説を開いてると思ったら、モームの『手紙』とかスタインベックの『真珠』とか川端康成《かわばたやすなり》の『雪国』とかばっかりなんだって。共通項、何だと思う？」

「さあ。生と死、とか？」

「どれも文庫の厚さが五ミリ以内ってことよ。長いの読もうって気概がないみたい。やばいでしょ。しかもそんな短い小説でさえいつも途中で投げだして、ぼうっとしてると思ったら何の脈絡もなしに泣きだしたり、怒りだしたり、もうやってることが支離滅裂だって妹がぼやいてた。でもまあ、こういうのって時が解決すると思ってたらしいんだけど」

「お父さんが亡くなって、まだ一年経ってないわけだよな」

「うん」

「もう少し時間がかかるんじゃないの。あんまり周りがさ、急き立《せ》てないほうがいいよ、こういうことって。立ち直るのにも時期があるんだから」

七割方は野球に気がいっていながらも、達郎はなかなか分別のあることを言う。

「でもさ、女は案外強いから、伴侶《はんりょ》を亡くして見るも哀れに憔悴《しょうすい》しきってても、一年も経つとみんなけろっとしてるって言うよ。それにね、お母さん、どこまで純粋にお父さんの死を悼んでるのかわかんないところがあって……。花がお父さんの話を口にすると、いやがるんだって。お父さんの話は聞きたくないって怒るんだって。思い出すとつらいのかなって最初は思ってたけど、最近、それだけじゃない気がしてきたって花が言ってた。何かほかにあるんじゃないかって」

「何かほかに」

「お父さんへの何か、わだかまりみたいなものが」

「うーん」

「心当たりはないかって訊《き》かれちゃった」

「……」

「……」

「で」

「で？」

「心当たり」達郎が瞳《ひとみ》を寄り目にして私に近づける。「ありそうな顔だなあ」

私は思わずぷぷっと吹きだす。笑っている場合じゃなくても笑ってしまう。達郎のアップが好きだ。近ければ近いほうがいい。毛穴が見えても鼻毛が見えても愛《いと》しくてしょうがない。コントのような彼のげじげじ眉毛《まゆげ》を私が指で撫《な》でつけようとした瞬間、誰かがスイングアウトの三振をして、再び攻撃が中日に移った。よし、よくやった。達郎の指がすばやくリモコンのボリュームボタンに伸びる。私は再び口を閉じ、子供のように必死な横顔を至近距離からまじまじと見続ける。しつこく見すぎていやがられたら、へらへらと笑って、焼酎の残りを口にする。

心当たりが、ないわけではなかった。

ありすぎるほどにあった、と言ってもいい。

なのに達郎に打ちあけるのを躊躇《ちゅうちょ》したのは、私たち一家にとっては震天動地の一大事であるそれも、世間一般にはごくありふれたエピソードにすぎないことをどこかで認めていたからだ。よくある話だよ、と達郎が笑い、それもそうだね、と私が笑い返す。私たちのあいだでそれ以上に話が発展する見込みはありそうにない。ただでさえ、達郎はゴシップ系の下世話な話が好きではないのだから。そう思うと、父の残した波紋の下世話さが余計に恨めしくなる。

事の発端となった電話が母からかかってきたのは、父の死後、約三週間の経ったある日のことだった。

「ちょっと話があるんだけど、あなた、三日後の午後五時五十分に新宿へ来られる？」

来られる？　と語尾を上げてはいるものの、明らかにそれは問いかけではなく、一方的な指示だった。就職をしている兄や妹とは違い、フリーターの私ならいくらでも時間の融通が利くと決めつけているのだ。実際にその通りだったので、私は三日後のその日、いそいそと新宿へ馳《は》せ参じた。

指定の喫茶店は南口の薄暗い路地にあった。いかにも場末風の趣が漂うその店内に足を踏み入れるなり、壁際のテーブルから「野々」と母の声がした。見ると、喪服の黒を少々薄めたようなグレイのスーツに身を包んだ母がいる。家族四人で父を送り、骨を拾い、土に還《かえ》した三週間前に比べると、幾分か目の下の隈《くま》も薄らいでいた。

おまたせ、と向かいの席へ腰かけようとした私を制して、あなたはこっち、と母は自分のとなりを目で示した。

「え、ほかに誰か来るの」

「まあ、ねえ」

「誰？」

「マツモトイズミさん」

「……誰？」

「とにかく、こっちにおかけなさい」

私がウエイターにコーヒーを注文するのを待って、母はなんとも苦々しげに話しはじめた。

「会社のね、お父さんの部署にいた女子社員らしいのよ。電話がかかってきたの。お父さんのことで話したいことがあるって。思いつめた声なのよ。一方的に場所と時間を言って、来てくれるまで待ってます、って」

「え、なに。お父さんのことで話って」

「それをこれから一緒に聞くのよ。六時になったら来るわよ、ここに」

謀られた。私は壁の時計を見やり、あと五分後にそれが迫っていることを知って、動揺した。

「そんなこと急に言われても……そんな私、心の準備が」

「準備もなにもないわよ。しゃんとしてなさい。お父さんに限って、妙な話を持ちだされる心配はありません。お父さんから借りていたお金を返したいとか、返せないとか、もっぱらそんなことでしょう。あなた、ちゃんとそこにいて証人になってよね」

この時点で母はまだ揺るぎない自信を持っていたのだ。突然若い女から呼びつけられ、気分を害してはいたものの、「お父さんに限って」という金科玉条が彼女をすべての疑惑から守っていた。約束の六時を五分ほど回ってマツモトイズミが現れたときも、母は「生前は主人がお世話になりまして」とさほどわざとらしくもない笑顔で挨拶《あいさつ》し、鷹揚《おうよう》にメニューを差しだしたのだった。

私よりもいくらか年上に見えるマツモトイズミもまた当たりさわりのない挨拶を返した。

私という計算外の存在にも動じる気配がなく、メニューにじっくり見入った上でアイスアーモンドオーレを注文するところにも余裕が見てとれる。彼女を観察するにつれ、余裕をなくしていったのは逆に私のほうだった。

見るからに変物というわけではない。全体の印象はむしろおとなしめと言ってもいい。問題は、そのディテールだった。ぽってりとした下膨れの頬をことさらに強調するバラ色のチーク。左右に編んだみつあみをつむじのあたりで交差させた懐かしのヘアスタイル。よく見ると細かなペイズリー柄が施された萌葱《もえぎ》色のブラウスの、フリルの豊富な胸元に光るアンティークゴールドの懐中時計。特異な自己主張のうかがえる細部に目を凝らすほどに、私はこの現実から微妙にずれた世界へと足を滑らせていく気がして、落ちつきを失ってしまう。

マツモトイズミ自身は至って落ちついたものだった。

「この三週間……柏原《かしわばら》部長が亡くなってからずっと、いつかはこうして奥様にお会いしなければならないと思ってました。でも、なかなか決心がつかなくて」

しょっぱなの爆弾発言でさえ、彼女は微塵《みじん》の躊躇もなく、じつに堂々と言ってのけたのだ。

「ごめんなさい。柏原部長が亡くなったのは、私のせいかもしれないんです。いいえ、私のせいなんです」

明後日《あさって》の方向から飛んできたこの先制パンチに、私と母はただただあっけにとられるしかなかった。

父の死は完全な事故死だった。約三週間前の夕暮れ時、行きつけの植物園で腐葉土を買いこんだ帰りの国道で、居眠り運転のトラックに衝突された。病院へ運ばれた際にはまだ息があったというが、母からの連絡を受けた私が駆けつけたときにはすでに白い布を被《かぶ》っていた。

どこに彼女の責任が入りこむ余地があるのだろうか。

「あの、主人の事故の責任はですね、トラックの運転手にあるんですよ。警察も本人も目撃者も、皆さん認めていますから」

やんわりと訂正をする母に、しかし、マツモトイズミは一歩も引かずに返した。

「でも、心理的な要因というのも、あるかもしれないじゃないですか」

「心理的な要因?」

「もしも部長に生きる意欲というか、生への執着がもっと強くあったら、部長は奇跡的な反射神経を発揮して、トラックの衝突をかわしていたかもしれません。もし衝突されたとしても、奇跡的な生命力を発揮して、生き延びていたかもしれません。部長があっけなく亡くなってしまったのは、彼があの頃、生きる意欲を失っていたせいに思えてならないんです」

にわかに店内が騒がしくなり、見ると、入口付近の席を人相の悪い団体客が陣取っていた。店員たちは表情を引きしめて機敏に対応し、周囲のテーブルにも緊迫感が広がっていく。ぽつぽつと席を立つ客が増えていく中、マッモトイズミだけは錘《おもり》のようにどっしりとそこに構えていた。

「あの、失礼ですが、なぜうちの主人があの当時、生きる意欲を失っていたなどと……？」

「ですから、私のせいです」

「ですから、なぜ？」

「そうですよね。奥様にはそれをお尋ねになる権利がありますよね。そして私にも真実を打ち明ける義務があります。ごめんなさい。私、柏原部長のお気持ちにお応《こた》えできなかったんです。つまりその、男女の関係を求められながらも、受けいれることができずに、拒んでしまったんです。部長のことはもちろん上司として尊敬していましたし、何かあると相談に乗っていただいたりもしてました。でも、奥様もお子さんもいらっしゃる方と、その……そんなこと、私にはとてもできません。そう正直にお話ししたら部長もわかってくださいましたが、それ以来、すっかり元気をなくされてしまって……。部長の悲しげな瞳を見るたびに、私、罪の意識に苛《さいな》まれていたんです。でもまさか、こんなことになってしまうなんて」

言うだけ言うと、マツモトイズミはおもむろに形相を崩して泣きだした。大粒のぼってりとした涙だった。私は理解不能の前衛劇でも見ているような気分で、そのよがり声にも似た嗚咽《おえつ》に耳を傾けていた。

父がこの人と男女の関係を？

まさか。ありえない。あの父がそんなことをするわけがない。

確信していたと言ってもいい。ふと横を見ると、母もまた確信に満ちた目をしていた。この時点でも彼女の自信はまだ微塵も揺らいではいなかったのだ。

私と母は目と目で会話をし、一つの決定を下した。この女は頭がおかしい。気の毒なことにいかれている。かくなる上は、できるだけ穏便に話を収めたほうがいい。

「ねえ、そんな、泣かないで。主人が迷惑をかけたわねえ。でも、あの事故はあなたのせいじゃないから、気にすることはないのよ」

あなたに責任はないと母が甘い声を出せば出すほどに、しかし、彼女は意固地になって罪にしがみついた。いいえ、私が悪いんです。悪い女なんです。どうか私を許さないでください。やがて私は彼女がその罪状——一人の男を死へ追いやったという物語にいたく執着していることに気がついた。この苦しくも晴れがましい罪を何があっても手放すまい。そんな情念をひしひしと感じるのだった。

ついに母は言った。

「わかりました。確かにあなたの責任もあるかもしれない。でも、こうして話してくれたのだから、もういいわ」

どうやらこの一言を待っていたようだ。マツモトイズミは感極まった様子で顔を上げ、自分がどれだけ母の許しを求めていたか、今日ここへ来るのにどれだけ勇気がいったか云々《うんぬん》をまくしたてると、ふいに胸元の懐中時計を眺めて「うきゃっ」というような声を上げ、いつのまにか飲み干していたアイスアーモンドオーレの勘定も払わずに立ち去った。

「あの人、処女だね」

「よしなさい、野々」

私と母はやれやれといった調子で席を立ち、煙草の煙に曇る店内からネオンのきらめく街へ出ると、気分直しにお好み焼き屋へ入って葱《ねぎ》焼きとモダン焼きとえのきバターを平らげ、最近は本当に変なのが多いねえ、などと言い合いながらそれぞれの帰路についた。

それが、母の自信のある姿を見た最後だった。


一転して腰の砕けたような母の声を聞いたのは、その日の深夜〇時。ショパンの葬送行進曲が携帯電話から流れたとき、私は当時一緒に暮らしていた元彼の部屋にいた。おまえ、やめろよ、そのしんきくせえ着メロ。良いところで邪魔をされ、露骨にいやな顔をする元彼の悪態を背に下着をつけ、床の携帯電話を拾って玄関へ移動する。聞き流すこともできた葬送行進曲にすぐさま反応をしたのは、本当はどこかで悪い予感を引きずっていたせいかもしれない。

「野々、今日のこと、春日《かすが》と花には言うんじゃないわよ」

電話に出るなり、母は言った。そのただならぬ声色に私は息を呑《の》んだ。

「え、今日のあの変な人のこと？　言うわけないじゃない、わざわざ何でそんなこと。でも、別に言ったっていいと思うけど。ウケるよ、きっと」

努めて軽佻《けいちょう》に返すと、受話器の向こうがしんとして、ますます不安が募った。

「お母さん、どうした？」

「まんざら、でたらめでもなかったのかも」

「え、なにが」

「ちょっと気になってね、調べてみたの。お父さんが誰も立ち入らせなかった書斎」

「……」

「本棚の奥から避妊具が出てきたわ。開封されて、いくつか使ってある箱が、夏目漱石《なつめそうせき》全集の後ろから」

避妊具、と母は聞きとりづらいほどの早口で言った。前後の文脈がなかったら、実際、聞き逃していたかもしれない。

「だから、あの子の言っていたことは、まんざらでたらめでもなかったのかもしれない」

「え、ちょっと待ってよ、お母さん」

私は混乱した。落ちついて頭の整理をする必要があったが、間を置けば母がぷつりと電話を切ってしまいそうでもあった。

「だってあの人、お父さんの誘いを断ったって言ってたんだよ。そんなの、おかしいじゃない」

「そうよね。だから、相手があの子かどうかはわからない」

「わからないって……」

「いいのよ、お母さん、もうこの件については考えたくないの。とにかく、こういうことがあったってだけ。こんなつまらない話、花や春日にはしないでちょうだいね。花はきまじめだから何でも思いつめてしまうし、春日もあれでデリケートなところのある子だから、知ればそれなりに傷つくでしょうし」

じゃあ私は思いつめも傷つきもしない娘なのかと内心引っかかりを覚えながらも、私は柔らかく問うた。

「お母さん、でも、このままでいいの？　はっきりさせておかなくて平気？」

「いいも悪いも、本当のことがわかったところで、お父さん、もう死んでるのよ。まったく、いい気なもんよねえ」

母の口からあからさまな父への非難を聞いたのは、これが生まれて初めてだったかもしれない。

「お母さん、本当言うと今日の今日までね、まだお父さんが死んだって実感を持てずにいたのよ。ただ家にいないってだけで、捜せばきっとどこかにいるような、だからしっかり留守を守らなきゃって、ずっと気を張ってたの。でも、なんだか急に本物の未亡人になっちゃったみたいだわ。とにかく今回の件については私、もう二度と口にもしたくないから、あなたもそのつもりで頼むわね。おやすみ」

有無を言わさぬ切り口上で話を打ちきると、母は実際にそれ以降、一度もその件に触れようとしなかった。私は母があまりにも淡々とこの問題を処理したことに驚いたけれど、もしかしたら処理なんてできていなかったのかもしれない。初七日までは父の法事を率先して仕切っていた母が、四十九日からは私たちに任せきりで口を出そうとすらしなくなった。父と二人で培ってきた庭の手入れを放棄し、結婚十周年に父から贈られたアップライトにも施錠をした。ちゃかちゃかうるさいと嫌っていたテレビの前から一日中動かなくなったのも、厚さ五ミリ以上の本に手を伸ばさなくなったのも、妹の誕生日さえ忘れるほどに世事のすべてに無関心になったのも、すべては父の死に端を発したものと兄や妹は考えているようだけれど、私はむしろマツモトイズミの件が尾を引いているのではないかと、心のどこかでつねに疑っていたのだ。

「というような話を今日、しょうがないからお兄ちゃんと妹に打ちあけたの。そしたら二人とも、なんで今まで黙ってたんだって、いきりたっちゃって。胸に秘めておけと言われて本当に秘めておくバカがあるか、とか、ひどい言われようだったよ」

というような話をナイター終了後、しょうがないから達郎にも要点をかいつまんで打ちあけたところ、案の定、彼はよくある下世話な話だという顔をした。

「まあ、男なら誰でもさ、ぽっくり逝った後で家族に知れたら困ることの一つや二つ、あるんじゃないの。ていうかさ、そもそも、胸に秘めておけって言われて秘めてたんなら、なんで最後まで秘め通さないかね。あんたのそういう中途半端さが気に食わない」

これもまたひどい言われようだ。

「うーん。でも、言ってすっきりした」

「あんた一人すっきりして、二人は今頃、悶々《もんもん》としてるよ」

「そう。でも私と違ってあの二人は行動的っていうか、執念深いところがあるからさ、このまま悶々としてるくらいだったら白黒つけようって言いだしたのよ」

「白黒？」

「お父さんが白なのか黒なのか、私に確認してこいって言うの」

「確認って、どうやって」

「とりあえずマツモトイズミにもう一度会えって」

「やめときな。もう考えたくないってお母さんが言ったんなら、その女のことは放っておくのが一番だって。今さら父親の過去を蒸し返したって良いことないよ」

普段ははっきりしないところも多い達郎も、アルコールが入ると断定的な物言いをしがちになる。

「お母さんのことが心配だったら、みんなでちょくちょく実家に顔を出してあげればいいじゃない。寂しいんだよ、お母さんきっと」

私が何も言い返さずにいたから、達郎はそれで納得したものと思ったかもしれない。死んだ父の過去など蒸し返さず、生きている母を大事にする。正論だ。他人ならではの聡明《そうめい》な意見だ。達郎のこういう分別もまた私の好きな一部だった。

しかし私はその翌週、妹から預かった父親の名刺を頼りに、父の元職場に電話をした。マツモトイズミの所属する部署への直通ライン。

「すみません、そちらにマツモトイズミさんという方はいらっしゃいますでしょうか」

お久しぶりです。ごぶさたしています。その節はどうも。どうやって話を持っていこうかと頭を悩ませていた私は、しかし、想定外の応答に出端《でばな》をくじかれることになった。

「マツモトでしたら半年前に退社しました」

退社。タチの悪い男にやり逃げされたような気分だった。

こうなるとなんとしても居所を突きとめたくなるのが人情というもので、私は彼女と連絡を取る方法はないだろうかと食いさがった。が、電話に出た女性は「さあ」「誰も連絡先は聞いていないようで」などとつれない声を返すばかりで、マツモトイズミのことなど知ったことではない、という態度がありありとしている。

やむをえず、私は言った。

「じつは私、去年までそちらでお世話になっていた柏原大海《ひろみ》の娘で、柏原野々と申します。父のことで、どうしてもマツモトさんにお話をうかがいたいことがありまして、なんとか連絡を取れないものかと思っているのですが」

「……」

「もしもし？」

受話器の向こうが沈黙し、やがて再び声がしたとき、相手の調子はがらりと変わっていた。

「柏原部長には私も大変お世話になりました。マツモトさんの連絡先、調べてみますので、少々お時間をいただけますか」

彼女はヤハギヨリコと名乗り、私の連絡先を尋ねた。マツモトイズミの所在を摑《つか》めたら知らせてくれると言う。打って変わって協力的なその姿勢に、私は多少の違和感を覚えながらもバイト先の電話番号を告げた。アパートに連絡をされると私がまだこの件に首を突っこんでいることを達郎に知られてしまうし、携帯は携帯で日中、電源がオフになっている。

「ストーンマートというお店です。大方、私が電話を取ると思いますが、もしも別の人間が出たら呼びだしてください」

「わかりました。ストーンマートの柏原野々さんですね」

「はい」

「野々さん」

「ええ」

彼女は律儀に何度も確認し、私もお願いしますと丁重に重ねて受話器をもとへ戻した。見ず知らずの女性に甘えすぎている気もしたが、それ以外にマツモトイズミの消息を辿る方法を知らなかった。

ストーンマートでのバイト中に携帯の使用を禁じられているのは、多少厳しい気もするし、不便でもあるけれど、美紀《みき》さんから「けじめ」と言われるとまあそうかなとも思える。一人で店番をしていると、ついいろいろなことがルーズになりがちだし、暇なときに携帯メールでも始めたらそれこそエンドレスになりそうだ。オーナーの美紀さんは友人でもあるから、ずるずるべったりに甘えだしたら際限がない。自分でもそれはわきまえているから、私は去年の初冬に手伝いを始めて以来、一度も遅刻で開店時間を遅らせたことはないし、休みをもらうときもできるだけ早めに申告することにしていた。

私よりも三つ年上の美紀さんは、正確にいうと私の友達ではなく、友達の友達だった。去年の秋、友達や友達の友達やそのまた友達がわんさと集った河川敷でのバーベキュー大会で知り合った。ちょうどその頃、私の手伝っていたイベントショップが店を畳んだばかりで、失業しちゃったとへらへら話していたら、じゃあうちのショップに来ないかと誘われたのだ。酔って調子が良くなっていたのもあって、私は何の店かも知らないままやりますすと引き受けていた。

行ってみて、驚いた。吉祥寺《きちじょうじ》の駅から少し離れた井《い》の頭《かしら》公園の入口付近——雑貨屋やブティック、飲食店などが軒を連ねる一角にあるその小さなショップ内には、壁に沿ってガラスの棚が何段も設けられ、その上には数えきれないほどのガラスの小瓶が所狭しとひしめいていた。瓶の中には種々様々な天然石や貝、珊瑚《さんご》などの粒が詰まっている。色も形も豊富で、たとえばピンクの天然石だけでもインカローズにロードナイト、ローズクオーツ、ピーチクオーツ、ストロベリークオーツ、ピンクオパール、ピンクトルマリン、ピンクアベンチュリン、ピンクカルサイト……などとその種類たるやおびただしく、それらの一つ一つに独自の色味と風合いがある。形も丸形やボタンカットを基本として、ハート形、オーバル形、スクエアカット、花や葉や鳥の彫刻を施したものなど、どれも繊細で見ていると飽きない。こんな毒にも薬にもならないようなものたちが、こんなにもつるつると愛らしく光って財布の紐《ひも》をゆるませる、こんな世界があるのだなあと私はすっかり感心した。

実際にバイトを始めてみると、それは予想外に居心地《いごこち》の良い世界でもあった。一通りのノウハウを伝授したのち、なにかと忙しそうな美紀さんは私の定休日である土曜日以外は閉店間際にしか顔を出さなくなって、私はほとんど一日中、一人で石に囲まれている。お客さんの求める石を瓶から出して売ったり、〈恋愛の神様、アメジストのパワーで彼の心をゲット!〉〈ガーネットはあらゆる願いを叶《かな》えてくれる石デス〉なんてポップを作ったりしているうちに、するすると一日が流れていく。

ショップを訪れる女の子たちを眺めているのも楽しい。単にアクセサリーのパーツとして石を選ぶ女性も、思いつめた目でポップの謳《うた》い文句に見入る女の子も、遊び半分でわいわいと買っていく女子高生たちも、皆が自分を飾りたいとか、誰かの心をゲットしたいとか、友達を面白がらせたいとか、なにかしらの前向きな意思を携えてそこにいる。それでいて、真剣さの如何《いかん》を問わず、誰もがどこかしら浮かれている。ブランド物のバッグを持ったり、エステで脚を細くしたりするのにも似た、上滑りのエネルギー。地球をきらきらと輝かせているのは意外とそんなものなのではないかと私は思ったりするのだ。

「野々ちゃん。この石、キャンディージェイドっていうの、ちょっと大量に発注しすぎちゃった。なかなかはけそうにないから、ポップで推してくれる？」

その日も、閉店の一時間前に顔を出した美紀さんに頼まれ、私は新しいポップ作りに精を出した。

「はい。ええっと、キャンディージェイドですね。あ、この石、染めっぽいですね」

「そう、ホワイトジェイドって石に色づけしてるの。生粋の天然石とは言えないけど、そのぶん低価格で提供できるから」

店の石はすべて美紀さんが日本のメーカーやタイの問屋から仕入れているもので、私はその原価も知らされていない。

「美紀さん、石のパワーはどうします？」

「あー、聞いたことないな。なんか適当に書いておいて。やっぱりラブ系がいいなあ、ラブが」

「ですよねえ、ラブ」

私は色とりどりのマーカーペンを駆使して、恋する女の子たちのハートに訴えかける。

〈キャンディージェイドは、甘〜い恋の特効薬！　告白したい、でもできない、と悩んで

いるアナタに勇気を与えてくれます〉

これが詐欺なら、お守りやおみくじを扱うすべての坊主は詐欺師だし、夢を売るタレントも、愛を歌う歌手も、みんなその予備軍だ。

書きあげたポップを美紀さんに見せてOKをもらうと、私はそれを早速、スタンドに挟んでキャンディージェイドの前に立てた。どうか偽物の言葉が恋する人々に本物の勇気をもたらしますように。心の中でつぶやいていると、店の扉が開かれ、すらりと背の高い女性が現れた。

ブルーグレイのパンツスーツを着込み、いかにも仕事帰り風の大振りな鞄《かばん》を提げた涼しげな女性。黒々としたボブヘアを耳の脇でかっちりとそろえている。思わず見入ってしまったのは、その地に足のついた佇《たたず》まいが、この店の佇まいと見事に相反していたからだ。

実際、彼女はガラス棚の石には目もくれず、まっすぐに私のもとへ歩みよってきた。

「柏原野々さんですね」

緊張をはらんだ声を出す。

私がうなずくと、彼女は続けて言った。

「柏原大海さんの娘さんの？」

突然、飛びだした父の名前にどきっとした。

「え……はい」

彼女はやっぱり、という目をして一人納得し、それから丁重に一礼した。

「初めまして。柏原部長の下で働いていたヤハギヨリコです。先日はお電話で失礼しました」

マツモトイズミの件を彼女に頼んでからちょうど一週間目のことだった。

今日はもう上がっていいよと美紀さんにうながされ、私はその日、いつもより早めにショップをあとにした。どこか喫茶店にでも入りましょうかと提案したところ、ヤハギさんはせっかくだから少し公園を歩きませんかと言う。

肩を並べて井の頭公園の入口をくぐった。園内の樹木は日に日に青さを増して、生暖かな風に土の匂いも色濃く、空には紫がかった橙《だいだい》の夕映えが薄く延びていた。ベビーカーを押すお母さんも、ベンチで新聞をめくるお年寄りも、タンクトップ一枚でジョギングにいそしむ外国人も、誰もが均一にその淡々とした光を被《かぶ》っている。夕日に敏感な恋人たちは日没の瞬間を見届けようと西の空へ目を凝らす。せっかくだから、とそぞろ歩きたくなるのもわかる夕暮れ時だ。

が、ヤハギさんが公園を望んだのはそんな叙情的な理由からではなく、体を動かしていたほうがまだ気が安まるからだと私はじきに気がついた。あるいは、私と正面をきって対《たい》峙《じ》することを避けていたのかもしれない。

「お店の場所、よくわかりましたね」

「ストーンマートって、結構、有名なんですね。会社のパソコンでネット検索をしたら、いくつもヒットしました。ビーズや天然石に凝ってる人のこと、ビーザーって言うんですか？　そういう人たちの作ってるホームページに地図も載っていて……そう、店員の柏原野々さんは悩める乙女のカリスマキューピット、なんて書いてあるのも見つけました」

「えっ、やだそんな、カリスマキューピットだなんて……」

「実在するんだなって、それで信じられたんです」

私は小首をかしげた。

「誰がですか？」

「あなたがです」

・

ヤハギさんは遠い一点を見つめてつぶやいた。そこには緩やかな丘状の芝が広がり、一人の老人と一匹の老犬が寄りそって歩いていた。互いに足取りの心許《こころもと》ないそのペアがやっとこ通りすぎても、彼女の瞳《ひとみ》はまだその一点から動こうとしなかった。

「ごめんなさい。あなたが本当に柏原部長の娘さんなのか、じつは私、少し疑っていたんです。柏原部長に娘さんがいたのは知っていました。でも、それは花さんお一人だと思っていたものですから……その、野々さんのお名前は部長からうかがったことがなかったもので」

私は納得した。父は徹底した人間だった。確かにそういう人だったと懐かしささえ覚えながら。

「確かに、父の意識の中じゃ妹が一人娘みたいなものだったんでしょうね。実際、両親と暮らしていたのは妹だけでしたし、私はもうとっくに柏原家の娘をリタイアしていたし」

「リタイア？」

「二十歳のときに家を出て、それから一度も父と会っていなかったんです。その時点で縁を切ったつもりだったし、父もそのつもりでいたと思います。ちなみに、兄のことはご存じですか？」

「え、息子さんもいらしたんですか」

「兄もリタイア組です。私の先達で、父とは七年以上も顔を合わせていなかったはずです。結局、妹だけが残ったんですよね」

「花さん」

「あの子は父のお気に入りだったから」

「ええ、柏原さんが花さんのことを口にされるときの顔……てっきり一人娘かと思っていました。大事に大事に手の中で包んでいるような」

「力を入れすぎて握りつぶしてしまうような父親でしたけど」

ゆっくり、ゆっくりと地面を踏みしめながら話をした。ただごとではない何かをこの人は抱えてここにいる。父のことを柏原部長と呼んでいたヤハギさんがふいに「柏原さん」と口にしたときから、そんな予感を早くも覚えていた。硬い仮面の下に腰の据わった覚悟が時おり透けて見える。

「すみません、立ち入ったことをうかがってしまって。それであの、マツモトさんの件ですけど……」

「あ、はい、居所わかりましたか？」

「それが、結局、わかりませんでした。力が及ばなくて、ごめんなさい」

「あ……そうですか」

「彼女、うちにいた頃でさえ誰とも交流がなかったくらいだから、今じゃすっかり音信不通で。当時住んでいたマンションも引き払っていました。社内の何人かに行き先を訊《き》いてみたんですけど、知るわけないとか、知ってたまるかとか、もう、にべもない感じで。つまり彼女、そういう存在だったんです」

「わかります」

「え」

「一度、会っているんです」

苦々しく打ちあけた。とたん、私の表情をうかがう彼女の瞳の奥で何かが弾《はじ》けた。

「じゃあ、あれはやっぱり、野々さんだったんですね」

「はい？」

「マツモトさんに会ったのは、花さんじゃなくて、野々さんだったんですね」

ふいを衝《つ》かれて、足が止まった。

「どうしてそれを？」

「ごめんなさい。柏原部長の奥さんと娘さんに懺悔《ざんげ》したって話を、私、マツモトさんから聞いていたものですから」
彼女は数歩先まで行ってから私の気配が消えたことに気付き、肩越しに振りむいた。
「私だけじゃありません。マツモトさんはそのこと、誰彼かまわずに吹聴《ふいちょう》してまわってい
ました。自分が誘いを断ったせいで部長は生きる意欲を失った、悪いことをした……って。
男の人に誘われたのが嬉《うれ》しくて嬉しくて、黙っていられなかったんですね。でも、いくら
なんでもご家族にまで言いに行くとは思いませんでした」
　私は声もなく立ちつくした。こっちこそ、いくらなんでも会社の人にまで言いふらされ
ていたとは思わなかった。
「ご安心ください。会社じゃ誰も彼女のことなんて相手にしてませんでしたから。柏原部
長は面倒見が良すぎたんです。それで地雷を踏んでしまっただけ。もしも彼とマツモトさ
んの関係を疑ってらっしゃるんでしたら、私が潔白を保証します」
私が彼女の言葉に安堵《あんど》とともに幾ばくかの引っかかりを覚えたのは、そのはしばしに、
自分はすべてを知っているのだという自負が見て取れたせいかもしれない。
「やっぱりちょっと、どこかに座りませんか」
私は彼女に追いつき、追いぬき、先に立ってベンチを探した。自分を立て直すための時
間稼ぎのようなものだった。おかげで井の頭池を望む木陰に古びたベンチを見つけたとき
にはだいぶ気持ちが鎮まっていた。
「率直にお尋ねしますけど」と、隣り合わせたお尻《しり》の下から紺色のハンカチを覗《のぞ》かせてい

るヤハギさんに言った。「父は、本当にマツモトさんを誘ったりしたのでしょうか」

「それは……」

「お気遣いは結構です。本当のところを教えてください」

「誘ったのは事実だと思います。ご本人からうかがいました。どうかしていた、と」

「父が、あなたにそう言ったんですか」

「ええ。柏原さんの口から直接マツモトさんのことを聞いたのは私だけだと思います。いえ、その……何から話せばいいのかわからないけど、以前から私、部長にはよく飲みに連れていっていただいていたんです。うちの部署、二十代前半の若い女の子がほとんどで、三十路《みそじ》を過ぎている私は正直、浮いているところもあって……同情してくださったんですよね。とりとめのない愚痴にもよくつきあってくださいました。それで、徐々に柏原さんも私に気を許してくださったのか、マツモトさんのことも……」

「彼女を誘った、と？」

「最初はマツモトさんのほうから部長に持ちかけてきたらしいんです。社内の人間関係に悩んでるから相談に乗ってほしいって。仕事帰りに話を聞いているうちに、お酒が入っていたのもあって、急に魔が差してしまったって……。大変、悔やまれていました」

私は記憶の底からマツモトイズミの印象をたぐりよせた。まじめそう。おとなしそう。だけど家では威張っていそう。小動物を溺愛《できあい》しそう。インターネットの掲示板でなら人気を集めていてもおかしくないにしても、つい魔が差したとか、思わずむらむらとか、その手の標的にされるタイプとは思えない。まして相手があの父となると、その可能性はゼロ以下と断言さえできた。

「ごめんなさい。あなたが嘘をついているとは思わない。でも、どうしても信じられないんです。父は理性的な人間でした。良識を何よりも重んじる人で、どんなに魔が差したって、衝動的に職場の女性を誘ったりするとは思えないんです」

「ご本人もそう仰《おっしゃ》っていました。自分があんなことをするなんて夢にも思わなかった、と。でも……」

「でも？」

返事がない。私は彼女の声にまだ幾ばくか残っているためらいをぬぐうように言った。

「ご存じのことがあったら、なんでも教えてください。親子といったって、五年も会わなかったら他人も同然です。冷静に聞けると思います」

子供たちの笑い声や犬の遠吠《とおぼ》え、木の葉のざわめく音に混じって、「わかりました」とヤハギさんのうなずく声がした。

「自分があんなことをするなんて夢にも思わなかったけど、でも、自分には暗い血が流れていることも知っていた。そう柏原さんは仰ったんです」

「暗い血？」

「そういう表現をよくされていました。五十代になって、男としての限界が見えてきたとたん、急に暗い血が騒ぎだした、って。まるで悪あがきでもするように、最後の猛威をふるうように、自分の中で暗い血がざわめく。抑えても、抑えても、抑えきれない……」

眉間《みけん》に苦悶《くもん》の皺《しわ》を寄せてヤハギさんが言う。父もそんな顔でその言葉を口にしていたのだろうか。

「抑えても、抑えても、抑えきれない」

「ええ、酔うと必ずそうくりかえしていました」

「それはつまり、性欲を我慢できないって意味でしょうか」

「そのように思います」

さらりと返したヤハギさんの顔にはどんな含羞《がんしゅう》も嫌悪の念も浮かんではいなかった。五十を過ぎて自らの性欲を力説する中年男への、いかなる否定的な感情もそこには見つからない。さっきからの不穏な予感が一つの結論へ収斂《しゅうれん》されていくのを感じながら、私は大きく息をし、挑むように言った。

「父の死後、母が父の書斎でコンドームを見つけました。マツモトさんと何もなかったのなら、父は誰とそれを使っていたのでしょう。お心当たりはありますか？」

迷うことなくうなずいたヤハギさんの瞳《ひとみ》は、明らかに私に挑み返していた。

「私です」

不思議にも、喫茶店で小一時間ほど対座をしたマツモトイズミの顔かたちはまるで憶《おぼ》えておらず、あの珍妙なディテールのみをかろうじて記憶に留《とど》めているにすぎないのに、最後まで一度も正面から向き合うことのなかったヤハギさんの顔を、私はその細部までも鮮明に思い出せる。

切れ長の、意志の強そうな目をしていた。細い眉《まゆ》は垂れることなく横一文字に伸びていた。鼻は小ぶりで、薄化粧なのに唇だけが妙に赤く、その口は微《かす》かに開閉して声を発しはしても、決して白い歯をむきだしたりはしない。微笑すら、ついに私は見なかった。弾けば良い音のしそうな張りつめ方を終始していたその顔は何かをじっと堪《こら》えているようでもあり、静かに憤っているようでもあり、それでいて端《はな》からすべてをあきらめきっているようでもあった。

彼女の目的が父とマツモトイズミとの関係の潔白を伝えることだったのか、父と彼女自身との関係の背徳を暴露することだったのか、私にはわからない。善意だけではない。悪意だけでもない。複雑な感情を渦巻かせて私に会いに来たのだ。

一つ確かなのは、私に対して彼女が「あなたの父親とどうにかなってしまって申し訳ない」というような罪の意識を微塵《みじん》も抱いてはいなかったことだ。私もまた、「うちの父親とよくもまあ、この泥棒猫が」的な感情の高ぶりはなく、ただただひどく驚いて、混乱していた。

ヤハギさん曰《いわ》く、父と彼女はあくまでも体だけの関係だった。同じ職場の人間同士、ある程度の情は通わせていても、二人の仲がそれ以上の熱を帯びることはなかった。ある日の会社帰り、共に立ち寄ったバーで父がまたも例の暗い血について語りだし、抑えきれない抑えきれない抑えきれないと言いながら、初めて彼女の手を握った。それが始まりだった。彼女は拒まず、その後も四度ほど父と同衾《どうきん》した（同衾、という言葉をヤハギさんは実際に用いた）。もしもあの事故がなかったら、その後も関係は続いていたかもしれない——。

私は一つだけ質問をした。

「なぜ、父を拒まなかったんですか」

華やかな美人でこそないけれど、ヤハギさんは細面のすっきりとした顔立ちをして、どこか凜《りん》としたところもあり、どちらかといえば愛人よりも本妻のタイプに寄っている。若さという最大の武器を失いつつあるとはいえ、五十を過ぎた冴えない中年男と不倫などしなくても、別段、相手に困ることはなさそうに見えた。

「さあ、なぜでしょうね」

彼女は真剣に考えこんだ。父が見たら傷つきそうなほど考えに考えて、やがて言った。

「今思うと、当てつけだったのかもしれません」

「当てつけ？」

「たった一度誘われたくらいでギャアギャア騒いでいるマツモトさんへの当てつけ。数年前に別れた恋人への当てつけ。友達が次々と結婚したり、仕事のキャリアを積んだりしていく中で、いつまでも同じところに留まり続けている自分自身への当てつけ」

自嘲《じちょう》的とも露悪的とももとれる口ぶりだった。

「父と寝て、何かが解消しましたか」

「するわけありませんよね。ますます自分を貶《おとし》めるだけで、でも、やめられませんでした。柏原さん、良すぎたんです」

「はい？」

「すごかったんです。とても五十代の男性とは思えないくらい、絶倫だったんです」

今にも西の空に籠《こ》もろうとしている橙《だいだい》の、腐りかけの熟柿《じゅくし》みたいな夕日に魂を吸われ、一瞬、世界がぐらりとした。

絶倫——。

その一語の衝撃があまりにも激しすぎたせいで、私はそれ以降、何を話していても絶倫絶倫絶倫絶倫と、頭の中はもうそれだけで少しも身が入らず、何度も同じことを尋ねたり、ずれたタイミングで相槌《あいづち》を打ったりを連発し、呆《あき》れたヤハギさんは間もなく私をベンチに残して立ち去った。いや、そろそろ行きませんかとうながされ、もう少しここにいたいと私が自ら残ったのかもしれない。よく憶えていない。

気がつくと、私は独りベンチの上にいて、その横ではヤハギさんの置き忘れたハンカチがぺらぺらと風にまくられていた。一度も後ろを振り返らずに彼女は去っていったのだろう。夜気を含み始めた風に飛ばされそうで飛ばされないそれは、私の頭がようやく正常な機能を取り戻した頃にふわりと舞いあがり、すぐに地に落ちて土の上を引きずられ、くるりと一回転をしてから再び静止した。動いているとまるで生き物のようなのに、止まってしまえばやはりただのハンカチにすぎない。

私はよし、と自分に活を入れ、携帯の電源をONにして実家の番号を押した。この手の報告は勢いのあるうちにしておかなければ、また半年くらいそのままになってしまいそうだからだ。実家で夕食の支度をしていた妹はこの信じがたい展開に当然ながら動転し、えっ嘘なにそれやだまさか、と返ってくるのは意味をなさない声ばかり。少し気を落ちつけてほしいと頼んだところ、努力してみるからそのあいだにお兄ちゃんへも報告しておけと言う。了解、といったん電話を切って兄の携帯にかけてみると、兄は勤め先である警備会社からの帰宅途中で、どうやら地下鉄の構内にいるらしく、電波のとぎれがちな中で私の話をどこまでわかっているのか「え?」「あ?」「で?」と何度も同じことを聞く。日没後の公園をのどかに練り歩く人々を前に、「だから、お父さんとデキてたのはマツモトイズミじゃなくてヤハギさんで」「ホテルに四回行って」「四回」「絶倫で」などとくりかえしているうちに、妹からキャッチホンが入って、「もう一度、じっくり最初から話してよ」とすごまれた。

埒《らち》が明かないので、会うことになった。

一周忌の打ち合わせの際には都合を合わせるのにひと月以上かかった私たち三人が、その日はたった数時間のうちに集結していたのだった。

とはいえ、約一時間後に私が実家の玄関をくぐったとき、兄の靴も妹の靴もそこにあるにもかかわらず、家の中に二人の気配はなく、私を出迎えに顔を見せたのは母だった。

「いらっしゃい。また一周忌の話し合いですって？」

「あ……うん。まあ」

私は母の顔を正視できずに目を伏せ、いつになく丁寧に皆の靴をそろえたりした。ただ会って話をしただけなのに、まるでヤハギさんの片棒でも担いだかのような後ろめたさがあった。

「一周忌なんて形だけでもいいのよ、そんなに念を入れなくたって」

「うーん。でも、まあ、一生に一度の一周忌だからねえ。で、お兄ちゃんと花は？」

「なんかさっきからごそごそやってるわよ」

「屋根裏？」

「屋根裏」

「行ってみる」

母から逃げるように階段を上り、物置代わりに使われている屋根裏をめざした。

二階の廊下の北端から延びる屋根裏への階段は、いかにも後から継ぎ足した風で作りが粗く、段差もきつい上にてすりすらないため、幼い頃は上るのが怖かった。階段を怖がる年齢を過ぎた頃には、今度は屋根裏自体を怖がるようになっていた。陽の当たらないそこにはきっと何かが棲《す》んでいる。その物の怪《け》のようなものを恐れていたのももはや遠い話で、今は、捨てる代わりにとりあえずそこへ棚上げされていく不要物の増殖が何よりも恐ろしい。母に物を捨てるという発想がない以上、いつかは必ずや床が抜けると思うのだ。

あんなところで兄と妹は何をしているんだか。

天井に刻まれた開閉式の入口から顔を覗《のぞ》かせると、窓のないその密室は森のように暗く、壁の照明が届く範囲だけが月光のような黄色を浴びて浮きあがっていた。

埃《ほこり》まみれのミシン。年代物の扇風機。見覚えのないカメラの三脚。ほんの数回しか使われなかった足裏マッサージ器。

成仏し損ねた幽霊のようにほの白く佇《たたず》むそれらに混じって、兄と妹の姿もそこにある。まるで忘れられ、捨て去られたものの一部みたいに。

「何してるの?」

声をかけると、そこいら中に積みあげられた段ボール箱の一つを前にしていた兄が振りむき、右の拳《こぶし》を突きだした。指を開くと、そこから赤や黄色、水色の花がはらはらと生まれ、床に零《こぼ》れおちる。

「なにそれ」

「手品の花だよ。小学生のとき、クラスのプレゼント交換で当たったやつ」

「なんでそこにあるの」

「手品なんてインチキ芸に子供のうちから手を染めるもんじゃないって、速攻、親父に取りあげられたから」

「だから、なんでそこにあるの」

「この箱、お父さんの没収ボックスなのよ」と、兄のかたわらから妹が言葉を補った。

「この前、昔のアルバムを探してたら出てきたの。お兄ちゃんとお姉ちゃんの残した私物はお父さん、とっとと処分して歯ブラシ一本残さなかったけど、この屋根裏はお母さんの管轄だったからね。うっかりこんなガラクタを詰めこんだ箱だけが残っちゃったってわけ。それ、さっきお兄ちゃんに話したら、どうしても見たいって言うもんだから」

「何をのんきな。今、それどころじゃないでしょう」

「いいから、おまえも来てみろよ。マジ懐かしいぜ」

「そんな場合じゃないってば」

この緊急時にと呆れつつ、二人のもとまで頭をかがめて進んだ。段ボール箱を前にあぐらをかいている兄の肩越しに中を覗きこむ。

雑多にひしめく品々の中に見覚えのある数点を発見するなり、たちまち我を忘れた。

「なにこれ、懐かしすぎ！　すっごい昔の……でも憶《おぼ》えてる、憶えてる、この下敷きなんて小学一、二年の頃のかな、すごく気に入ってたのに、ほら、この絵の女の子がマニキュアしてるでしょ、子供のくせにけしからんってお父さんに没収されたの。この靴下は紫のリボンが不良っぽいから、このお弁当包みはいちごのプリントが下品だからって、没収。りんごとメロンはセーフだけど、いちごやレモンはアウトとか、いろいろよくわからない基準があったっけ。懐かしいなあ」

「だろ。俺なんかさ、見ろよ、これ、この消しゴム。一見、文句なしに地味な茶色い消しゴムだろ。けどさ、チョコレートの匂いがするんだよなあ。おふくろは買うとき気がつかなかったのに、花が嗅《か》ぎつけて、親父にチクりやがった」

「私もほら、このノート……お母さんはOKだったのに、ここにちょこっとだけハートのマークがあるのをお父さんに見つかって、十年早いって即没収。どうもハートや水玉にはお父さんの神経をさかなでするところがあったみたいだねえ」

「これこれ、見ろよこれ、クラスの女子からもらった受験のお守りだぜ。こんなの持ってると逆に勉強に身が入らないって、親父のやつ、こんなもんまで取りあげやがった」

「血も涙もなかったもんね。私なんてこのうさぎのマスコット人形、転校していく友達にお別れの記念にってもらったのに、ランドセルにつけたとたんに没収だもん。犬猫だったらまだしもうさぎには媚《こ》びがある、なんてさ」

「媚びか……ま、うさぎは耳が長くて目が赤いしなあ」

かつて父に奪われたもの。取りあげられ、引き離されて、二度と手にすることの叶《かな》わなかったもの。幼い日々の無念を封じこめたその箱に、私はすっかり夢中になった。友達が貸してくれたのに、没収されて返すことのできなかった少女小説。ほんの少しだけパールの入ったリップクリーム。クラスメイトのカメラ小僧にもらったアイドル歌手の生写真。誕生日プレゼントのお返しにもらったハート柄の便箋《びんせん》。次から次へと現れる思い出の品々――。

私と兄は時を忘れてそれらを懐かしみ、それから突然すとんと、妙な疲れに襲われて箱を漁る手を休めた。

思い出の数が飽和点に達したとたん、虚《むな》しさが懐かしさに取って代わった。

「俺の人生って、なんなんだかなあ」

泥濘《でいねい》へ人を引きずりこむ底なし沼のようにも見える箱を前に、兄が低くつぶやく。まさしくそのとき、私が思っていたのと同じようなことを。

「俺さ、こういうきらきらしたもの、子供心にわくわくするようなもんをぜんぶ親父に取りあげられて、だから逆に家を出てからはさ、そういうの必死で取り返そうとしてきたっていうか、きらきらしたもんだとか、わくわくするもんだとかばっかり追いかけてきたんだよな。自由に生きたい。好きにやりたい。欲しいもんは欲しい。パワーの出所はぜんぶそこだった。で、ふと気がついたら、女にも金にもルーズな人生を送ってたわけだ」

二十歳で家を出て以降、兄がどこでどんな人生を送ってきたのか私はほとんど知らない。なのに今、恨み言とも愚痴ともつかないその独白に胸が疼《うず》くのは、自分もまた似たような思いを原動力に二十歳以降の日々を生きてきたせいかもしれない。

ただ一人、父に抗《あらが》うことなく柏原家の正道を歩んできた妹は醒《さ》めた目をしてつぶやいた。

「けどさ、私たちをこれだけ厳しく縛ってた当のお父さんは、外で自由に好きなことをやってたわけだよね」

辛辣《しんらつ》なその声が意味するところは、一つ。

「ありえねえよなあ」

兄のつぶやきを最後に、私たちはまるでこの屋根裏ごと世界から切り離されたかのように静まり返った。ありえない。あの父が。井の頭公園からここへ来るまでのあいだ、私もそれだけを思い続けてきた。

病的なまでに潔癖だった父。その傍《はた》迷惑なほどの厳格さ、正気の沙汰《さた》とは思えない堅物ぶり、聖人君子を通りこして奇人変人の域まで達していたその人となりを振り返るにつけ、父が欲望の前に屈することなどあるわけがないと、この期に及んで尚《なお》もすべてを否定したくなる。

欲望を知らない人ではなかったと思う。いやむしろ、人間は放っておけば当然、欲望に負けて過ちを犯すものだ、という揺るぎない性悪説が父の中には頑強に根を張っていた。私たち子供を片時も放っておかず、見るもの聞くもの触れるもの、すべてを完全に管理しようとしたのもそのためだった。

音楽。テレビ。おもちゃ。服。おやつ。本。友達。何一つ父の許可を得ずして私たちの前に差しだされるものはなかった。起床。食事。入浴。就寝。すべての時間を司《つかさど》るのは父だった。ごくわずかな自由時間さえ、私たちは父の定めたルールに縛られ、してはならない禁止事項をごまんと抱えていた。お姫さまの絵を描くこと、というのもその一つで、いまだに何が悪かったのか見当もつかない。

とりわけ男女間のことには過敏な父だった。幼稚園児のときでさえ、私は「男の子と二人になってはいけない」と厳しく釘《くぎ》を刺されていた。小学時代、鞄《かばん》にこっそり忍ばせていたバレンタインのチョコレートが見つかったときには、はしたない真似をするな、とすさまじい剣幕で怒鳴られた。小学校卒業と同時に私を私立の女子校へ送りこんでも尚、父の気が安まることはなかったらしく、私は中高時代を通じて一度も友達との映画や買物、旅行を許されたことがない。こっそり遊びに行こうにも、自由に使えるお小遣いすら与えられていなかった。

父は決して開かない鉄扉のように私たちを封じていた。兄はしばしばそれに体当たりをし、見るも無惨に撥《は》ね返されていた。私と妹には手を上げたことのない父も兄には容赦がなかったのだ。時には私もダメもとの精神で小さな抵抗を試み、食事を抜かれたり外出を禁止されたりするなどの罰を受けていた。そんな私と兄を見て育った妹は、ジタバタしたところで一切無駄であることを早いうちに悟ったのだろう。父の顔色を読み、時を見定めて甘えたりねだったりする術《すべ》を憶えて、したたかに成長した。

捨て身で我が道を行こうとする長男に、宙ぶらりんの長女、親の敷いたレールにとりあえず忠実な次女、という図式は、大人になった今もさほど変わらないように思える。

兄がついに鉄扉の向こうへ脱け出したのは、二十歳になった直後のことだった。「成人して、自分の金で食えるようになったら、家を出るなり、好きにしろ。この家にいるあいだは私のルールに従ってもらう」と、何かにつけて経済力をひけらかしていた父の言を真に受けてのことだった。無論、いざとなったら父はどんな手を使っても兄を連れ戻すに違いないと誰もが踏んでいたのだが、兄が家を出て三日と経たずに、父は兄の部屋を一掃してスライド式の書棚を運びこみ、自分の書斎に改造してしまった。私はその肝の据わった頑固親父ぶりに改めて震撼《しんかん》すると同時に、自分も二十歳になったら本当に自由になれるのだと、初めて希望を抱いたのだ。

「結局、親父も普通の男だったってことかなあ」

「職場の女に手を出すのが普通？」

「まじめ人間ほど色ボケしたときタチが悪いって言うし」

「そういえば、暗い血ってなんだろう」

「だから、性欲のことだろ」

「お母さんに対しては、それって騒がなかったのかなあ」

「……」

「ヤハギさんってどんな人だった？」

「ん……まじめそうで、わりとちゃんとしてた」

「愉快犯ってことはない？」

「愉快じゃなさそうだったし」

「で、どうするよ、これから」

「これから？」

「おふくろには言えねえな」

「言えない、言えない」

「病院通いどころか、入院しちゃうって」

「俺たちの胸に納めておくしかないか」

「重たいなあ」

「っていうか、お父さん、けがらわしい」

「まあ、花からすれば、ねえ」

「許せない」

生暖かい隙間風が足の裏をくすぐる屋根裏で、私たちは沈黙の合間にぽつぽつと言葉を交わした。勢いこんで集まってはみたものの、いざ顔を突きあわせると事が事なだけに大声で論議をする気にもならず、裏切ったのは父なのに、恥じ入るべきは父なのに、なぜだか私たち子供が後ろ暗さやこっぱずかしさを堪《こら》えてそこにいた。結局、何のための話し合いかわからないままお開きになったのだが、妹は別れる寸前まで父を「絶対に許せない」と不気味な静けさを保った声音で言い続けていた。恋も遊びも青春も、丸ごと父に預けてきた妹なだけに、無理もないと思う。

私はどうなのだろう。

正直、わからない。裏切られた気はする。失望もする。うんざりもする。けれど妹のようにストレートな怒りや憤りが私の中に見つからないのは、やはり自分が先に父を裏切ったという負い目があるせいだろうか。

そもそも私は生まれながらにして父を裏切っていたように思えてならない。人間とはかくあるべき、女とはかくあるべきという父の信念から自分が遠いところにいることは、物心のついた頃からうっすらと悟っていた。脳のどこかに羽が生えている、とかつての恋人に言わしめた私は、本質的に父の好むところの人間ではない。ありのままの私を父は決して受けいれない。そんな確信こそが何よりも私を柏原家から遠ざけたのかもしれない。

それでも表面的にはさしたる波風を立てず、成人するまでは羽を隠して父に従った。その二十年間で生まれ持った忍耐力やら順応性やらを丸々使い切ってしまったとさえ思えるほどに。

高校卒業後は某文具メーカーの事務職に就き、二年間は手堅く働いた。短大進学を勧めていた父も私の就職に反対はしなかった。実直に、勤勉に、地に足のついた生活を送ってさえいれば、とくに学歴や収入にはこだわらないところが父にはあった。私が自活を夢見て就職したとは露も思わなかったろう。

待ちに待った二十歳の誕生日を迎えても、しかし、私には独り立ちをするほどの貯《たくわ》えがなかった。乏しい給料の中から結構な額を食費として家に入れていた上、化粧品だのスーツだのご祝儀だのと、社会人になればそれなりの出費もかさむ。いつまでこれが続くのだろうと焦りはじめていた時期、私は独り暮らしの男と知り合い、恋をした。機運到来。こそとばかりに全力で彼を説きふせ、同棲《どうせい》交渉に成功。身の回りの品を少しずつ彼のアパートへ移し、通り一遍の置き手紙を部屋に残して、家を出た。

以降、母からは幾度となく携帯に電話がかかってきたものの、戻ってこいとは言われなかったところをみると、父は兄のときと同様、速やかに私の痕跡を処分したのだろう。仕事だけは続けてほしいと母に泣きつかれながらも、私は時を同じくして会社にも辞表を提出。その後は街角のティッシュ配りや無国籍居酒屋の店員、知り合いの営む古着屋の助《すけ》っ人《と》などのアルバイトを転々としながら、同棲相手も転々として、今に至っている。

あるとき、デパートの地下で試食販売のバイトをしていたところ、ベビーカーを引いた高校時代の同級生が通りかかり、「まさか柏原さんが結婚も就職もしないでこんなバイトをしているなんて」と、ひどく哀れまれた。年に何度か父に内緒で連絡を取りあっていた母も、私の現況に変わりがないのを知ると落胆を隠さなかった。私は父の言うところの堕落しきった人生を送っているのかもしれない。

それでも、私自身は、とても幸せだった。家を出て初めて、こんなにも世界は自由で、素敵なことも残酷なこともくっきりと鮮やかで、楽しいこと、美味《おい》しいもの、芳《かぐわ》しい匂いに充《み》ち充ち、ラブ&ピースにスリルとサスペンス、そのすべてが私を手招き、私もすべてを受けいれ、生々しく歓《よろこ》んだり傷ついたりすることの醍醐味《だいごみ》を知った。まるで新しく生まれ直したみたいだった。

家を出て五年目になる私の瞳《ひとみ》は、だからきっと五歳児のそれに近い。何もかもが新鮮で、時に目がくらむほどの光彩を放っている。無国籍居酒屋のカクテルも、古着屋の埃《ほこり》臭い店先も、試食販売で焼いた添加物だらけのハンバーグだって、だから私にはすべてが同等に輝いて見えた。

妹はそれをうわついた生き方と言うけれど、自ら選んで実行して、良いことも悪いことも四の五の言わずに引き受けて、リアルな手応《てごた》えとともに生きていくのなら、それはそれで地に足のついた人生なのではないか。自分の足で自分の道を踏みしめる、その感触の確かさこそが唯一の、地に足がついている証《あかし》なのではないか。

――と、つねづね思ってはいるものの、実際に私とそっくりの生き方をしている兄の、やはりどう考えてもダメな人生を目の当たりにすると、そんなのは屁理屈《へりくつ》にすぎないのかも、と不安にもなった。

うわついているにしろ、地に足がついているにしろ、私という人間の基盤がどこかしら歪《ゆが》んでいるのは確かな気がする。

歪んでいるといえば、性的にも私は歪んでいる。

「ただいま」

「おかえり。遅かったね」

「うーん、いろいろあって。今度話す」

「うん、今度聞くから、今、ちょっとしない？」

その夜、十時を過ぎてから朝霞のアパートへ帰ると、ダイニングキッチンの奥にある六畳ほどの和室にはすでに布団がスタンバイされ、達郎がやる気満々の様相で私を待っていた。今日は水漏れ修理や水道の増設工事に奔走した後、引っ越しのバイトにも駆りだされたらしく、疲れが高じてもうどうにもこうにも収まりのつかない状態になってしまったようだ。私は浴室で軽くシャワーを浴びてから達郎のもとへ戻った。

部屋の明かりを消し、するりと布団へ滑りこむ。天井を仰いでいた達郎が体の向きを変え、私に顔を近づける。唇が彼の唇を感じる。右の頰が彼の滑る指先を感じる。首筋に、胸元に、乳首の先に、その感触はひんやりと広がっていく。

でも、私が感じられるのは、ここまでだ。

「もういいよ。して」

その一言を待っていたかのように、達郎は私の下腹部からその下にかけていつものジェルを塗りつけ、ゆっくりと入ってきた。

私は濡《ぬ》れない女だ。ジェルの助けを借りなければ男と交われない。ジェルをつけても尚《なお》、ベッドの上でエクスタシーを感じたことがない。

初めのうちは気がつかなかった。最初の夜から達する女は稀《まれ》だと聞いていたし、なにしろあんなところとあんなものが合体してしまうわけだから、体がそれに馴染《なじ》むまでには誰しもそれなりの修業を要するはずだとのんきに構えていた。同じ彼と何度試みてもうまくいかなかったときには、その相手との相性を疑った。やはり最後まで自然には交われなかった二人目のあと、ありとあらゆる技巧を試みてくれた三人目にも体が反応しなかったとき、私は初めて自分の欠陥を意識した。

達郎の腰はゆっくり、ゆっくりと上下に動いて私の乾いた肌を波立たせる。彼の息遣いを感じる。体温を感じる。じんわりと染みでる汗を感じる。激しい動きが加わると、体の芯《しん》に鋭い痛みが駆けぬける。この痛みさえも、感じないよりは感じていられたほうがいい。

達郎の感心な点は、それが不毛と知りながらも、律儀に手順を踏んでくれるところだ。キスをし、前戯をし、まるで普通のセックスみたいにふるまってくれる。これまでつきあった男たちの多くは、私が何も感じないことを知ると、露骨に閨《ねや》での手を抜いた。ジェルやローションをつければ、やることはやれる。けれども私が醒《さ》めていることに彼らはいらだつのか、傷つくのか、自分だけが一生懸命という状態を避けたいのか、ことさらおざなりにふるまったりもして、そうこうしているうちにみるみる行為の回数は減り、一緒に暮らしているのに、一緒に寝ているのに、気がつくと心が離れている。それでも自分は自由なのだから、そうなればまた別の相手を探せばいいと割りきっていた私も、同じパターンを重ねるうちに次第に疲れて、危機感も覚え、性的な引け目を克服すべく対策に乗りだした。

つまり、働きを良くしたのだ。

達郎の腰の動きが弱まると、私は彼をそっと離して布団へ横たわらせた。まずは唇にキスをする。さっき彼がしてくれたよりも激しく。奥へ、奥へと舌を滑らせる。探り合い、絡め合う。彼の吐息を吸いこみ、そのぬくもりに酔いしれる風を装いながら、片手でジェルのボトルを探る。枕元に用意されていたその透明な粘液を彼の胸元へぽたり、ぽたりとしたたらせる。彼の睫毛《まつげ》が震える。悩ましげに喉《のど》が波打つ。飢えた唇の合間から荒ぶる息が聞こえる。私は両手をジェルに浸して彼の体へ塗りたくる。そっと円を描くように。さするように。撫《な》でるように。時には肌をかすめる程度に。乳首はくすぐるように。徐々に下へと降りていき、直前で引き返す。何度も。何度も。ぬらぬらと艶《つや》めく彼の体が小さく痙攣《けいれん》を始めると、今度は舌の先でジェルをぬぐうように舐《な》める。ちろちろと舐める。這《は》うように舐める。吐息とともに舐める。むさぼるように舐める。彼の呼吸が熱くなる。下へ、下へと私は降りていき、直前で引き返す。何度も。何度も。頼む。彼が悶《もだ》える。まだダメ。もっと感じて。もう一度最初から。私は舐める。いくらでも。いつまでも。舌が痺《しび》れるほどにちぎれるほどに彼の一部になるほどに。やがて彼の切なさが極まると、私はようやくジェルにまみれた指先をそこへ差しのべる。彼の求めるところにそっと触れる。少しだけ慰む。少しだけいたぶる。ジェルと汗とで濡れそぼった彼の全身が粟《あわ》立つ。頼む。頼む。まだダメ。もっともっと感じて。私のぶんまで。逸《はや》る彼をじらして、掌《てのひら》に包む。粘りと光沢にぎらつく指先はまるで見たこともない生き物のようでもあり、私はそのねっとりとした感触を愉《たの》しむように不規則に動かしながら、その周囲にも舌を這わせていく。徐々に指先に力を込めて。舌の動きを小刻みに速めて。ああ。動物みたいな声を上げて彼が私の足を摑《つか》む。頼む。頼む。頼む。高ぶるそれが愛《いと》しくてたまらない。私はそれを舐めまわし、そして口に包みこむ。唇と、舌と、唾液《だえき》と、私の潤うところのすべてを尽くして慈しむ。

強く弱く。優しく荒っぽく。うっ、と彼が呻《うめ》くような声を洩《も》らして私の脛《すね》を嚙《か》み、同時に口を生温かい液が充たした。私の下で粘土のように冷めていく体を感じながら、そのとき、脳裏に去来したのはなぜだかヤハギさんの一語だった。

絶倫。

それは、父も私のように働きが良かったということか？

違う。父には端《はな》から性的な引け目などなかったのだ。だからこそ、娘の年とさほど変わらない女を口説いたりできたのだ。

ずるい。

けがらわしい、でも、いやらしい、でもなく、なぜだかそう思った。お父さんはずるい、と——。

シャワーを浴びて部屋へ戻ると、達郎は果てたままの姿勢で布団に横たわったまま、ぐったりと身動きもせずにいた。眠っているのかと思ったら、ふいに目を開けて「ありがとう」とつぶやく。

「今日はまた、一段とすごかった」

私はTシャツをはおりながら薄く微笑む。ちょっと切なく。

「ありがとうとか言わないで」

「ああ、そうだよな、ああ……でも、今日は野々も疲れてたみたいだし」

いつもは私をあんたと言う達郎が、時おり気まぐれに名前で呼ぶ甘い響きが好きだ。自分が自分であることの歓《よろこ》びを感じる。こういうベタな幸せに包まれて生きたい。

「達ちゃん、シャワー浴びておいでよ」

「ああ、うん」

「シーツ替えとくから」

「うん。そういえばなんか話があるんじゃなかった？」

「うん、でも長くなるから、また今度」

「じゃあ、シャワー浴びてくる」

だるそうに布団を離れ、汗とジェルを洗い流してきた達郎は、新しいシーツに伏して一分としないで寝息を立てはじめた。

達郎の寝顔を見るのも好きだ。安らかで、無防備で、丸ごと自分のものになった気がする。これもまたベタな幸せ。でも、いつまで続くかはわからない。いつかどこかへ行くためのお金を貯めているくらいだから、達郎は永遠にここに居続ける気はないのだろうし。

闇での働きが必ずしも良い結果をもたらさないことは、これまでの経験から身に染みていた。私が全力で尽くせば尽くすほどに、男たちは無力になる。口説いたり、脱がせたり、タイミングを計ったりする必要のない受け身の快楽に溺《おぼ》れ、どっかりとあぐらをかいて、何もしなくなる。私に指一本触れることなく、もっと、もっとと求める。私はそんな彼らの態度にいらだつのか、傷つくのか、自分だけが一生懸命という状態を避けたいのか、ことさらおざなりにふるまったりもして、そうこうしているうちにみるみる行為の回数は減り、一緒に暮らしているのに、一緒に寝ているのに、気がつくと心が離れている。働けど、働けど、なお我が性生活、楽にならざり。

私はじっと手を見つめ、ふわあとあくびをして、達郎の横にもぐりこむ。彼の背中にぴったり体をくっつけ、じきに訪れる睡魔を待ちながら、お父さんはずるい、ともう一度、思った。

父の一周忌の第三回打ち合わせが執り行われたのは、その翌週末の土曜日だった。

第三回打ち合わせ、という名目がまんざら母への建前だけでもなかったのは、妹が突如、父の一周忌などやめてしまえと言いだしたからだ。

「お父さんのこと、考えれば考えるほど腹が立つ。冥福《めいふく》なんて祈る価値なし。やめた、やめた」

そうは言っても世間体が。お母さんが。お釈迦《しゃか》さまが。日本の風習が。などとなだめてはみたものの、父の頑迷さをそっくり受けついだ妹は言いだすとあとに引かない。しかたなく、とりあえずまた会って話し合いますか、ということになったのだった。

傘をさすには柔らかすぎる雨が街を湿らせている午後だった。私は達郎と池袋《いけぶくろ》へ行ってビックカメラを覗《のぞ》いてサンシャインで夏用のミュールを買って冷やし中華でも食べて帰りたかったなあ、と後ろ髪を引かれつつ、履き古したサンダルで実家へと向かった。どのみち達郎は引っ越しのバイトを入れてしまっていた。

梅雨空のせいか、野放し状態の実家の庭はまた一段と猛々《たけだけ》しさを増して、あっちでぼうぼう、こっちでぼうぼう、よくわからないかたまりが発生し、所々に見たことのない花まで咲いている。雑草と泥に埋もれた石畳を通ってインターホンの音を鳴らすと、「鍵《かぎ》、開いてる」とスピーカー越しに妹の声がした。

兄はまだ着いていないようで、母もまた病院へでも行っているのか、玄関には妹の靴が行儀良く踵《かかと》をそろえているだけ。いつも彼女の履いているぺったんこのローファーではなく、ヒールのついたベージュのパンプスだったので、おや、と首をひねりながら居間をめざした。

家族五人がそろっていた時代は手狭にも思えた居間も、今はすかすかで、その真ん中に鎮座する胡桃《くるみ》の座卓だけが見るたびに存在感を募らせていく。戸口から覗いたそこには今日も人の気配がなく、私は階段を上って妹の部屋のドアをノックした。

「花、そこ？　入ってもいい？」

「いいけど、絶対に何も言わないで」

「何もって？」

再び首をひねりながら部屋のドアを開けると、窓辺の机に向かっていた妹が不承不承といった様子でこちらを振りむいた。

「花……」

「言わないでったら！」

ガキ大将みたいに全身を怒らせ、妹が吠《ほ》えた。何か言おうにも、私は言葉を見つけることができずにその場へ立ちつくした。見たこともない女が目の前にいたからだ。

いや、一見別人のようなその顔も、よく見るとやはり、下地は妹だった。ブロッコリーさながらの強烈なパーマがその頭を二倍にも三倍にも膨張させていなければ、左右非対称の薄すぎる眉《まゆ》がその顔に安っぽい翳《かげ》りを与えていなければ、赤チョークでもこすりつけたようなアイメイクがその瞼《まぶた》を十二ラウンドのボクサー並みに腫《は》れぼったく見せていなければ——確かにそれは妹に違いないのだった。

「言われる前に言っちゃうけど、私、別に綺麗《きれい》になりたいとか、女っぽくしたいとか、彼氏が欲しいとか、そんなんじゃないから。ただ、これまでできなかったこと、やってみただけだから。お父さんに邪魔されてきたこと、ぜんぶやってやりたかっただけだから。ただ、やりかたがよくわからなかっただけで……」

低音の、滑舌《かつぜつ》のいい声が時おり頼りなく裏返る。その顔が強ばって歪《ゆが》むたび、不恰好《ぶかっこう》な眉が余計に崩れて、なんとも情けない表情になる。勝ち気なくせに臆病《おくびょう》で、最初の一歩を踏みだすまでに時間のかかるこの妹を、父が誰よりもかわいがっていた理由がわかるような気がした。

「花ちゃん、ゴムある？」

私は妹の髪を両手で背後からかきあげた。

「ゴム？」

およそリボンだのバレッタだのは持ちあわせてなさそうな妹だが、物持ちの良い彼女が中学時代から使っている机の引き出しに、かろうじて事務用の輪ゴムが入っていた。

「花、せめて黒ゴムくらい持っとこうよ」

「だって、これまで結うほど伸ばしたことなかったし。顎《あご》より伸びるとお父さんがいやがった」

「ああ、そうだった、そうだった」

「そういえばお姉ちゃんにも顎ラインの時代があったんだよね」

「前髪は眉ラインでねえ」

妹のぼわぼわの髪を高い位置でまとめ、輪ゴムでさっと結わえた。そのままでは松明《たいまつ》のように毛先が広がってしまうため、ポケットにあった黄色いハンカチを上から巻きつける。髪の生え際を指ですいて軽く後れ毛をちらつかせると、ふた昔前のアイドル歌手のように見えないこともなかった。

「ちょっとボリューム出ちゃうけど、ムースをつければ落ちつくよ。花は猫っ毛だから、パーマがかかりすぎちゃうんだよね。とくに前髪のパーマは厳禁だから憶《おぼ》えておくように」

ブロッコリー頭の応急処置を終えると、妹が店員に勧められるまま買いそろえたメイク道具を駆使して、今度は顔の修復にあたる。

「眉はね、どっちか剃《そ》りすぎたと思っても、それに合わせてもう片方も剃っちゃだめ。ずるずると底なし沼に落ちていくようなものだから。剃りすぎたって気にしないで、アイブロウでごまかせばいいの。それから、アイシャドーっていうのは、瞼に均一に塗りたくるものじゃないんだよ。まずは睫毛《まつげ》のラインに沿って色を載せて、そっとぼかすように広げて」

アイブロウで眉を整え、やりすぎのアイメイクをいったん落としてから、妹に合いそうなブルー系のシャドーでやりなおした。たった二つの年の差なのに、妹の肌は私よりも遥かにきめが細かく、潤いがある。手入れをすれば映える顔なのだ。

「はい、できあがり。急に娘さんらしくなったわねえ、って言われる顔になりました」

「うまいもんだ」

妹はころりと機嫌を直し、居間でとっておきの高級中国茶を淹《い》れてくれた。

「こないだ屋根裏でお兄ちゃんとお姉ちゃんがさ、子供の頃に没収されたものを懐かしんでるの見て、私、じつは結構、羨《うらや》ましかったんだ。あそこに私のものは一つもなかった。お父さんに見つかったらまずいようなものは最初から持たなかったし、欲しがらないようにしようって思ってたし。花は良い子だ、物わかりの良い娘だって褒められて得意がってたけど、今になって振り返ると、なんかこう、空っぽなんだなあ、私の少女時代って。きらきらしたものはぜんぶお父さんに奪われてきたって、お兄ちゃんこの前言ってたけど、私なんてきらきらしたもの、手にしたことすらなかったクチだから」

三時のおやつに私が持参したプチシューをほおばりながら、妹がぼやく。

「あーあ。親の期待通りに生きたって、虚《むな》しい。まじめに生きれば生きるほど、楽しい部分はみんな他人に持っていかれちゃう気がする。お父さんもそんな気がして、最後の最後に、乱心したのかなあ」

この二週間、私がそうであったように、妹もぐるぐると父のことばかり考えてきたのだろう。考えても考えても納得がいかず、今も途方に暮れている。

「花」

「ん？」

「恋人でも作れば」

「もう。なんでそんな話になるわけ？」

「気が紛れるよ」

「気を紛らすための恋愛なんていや」

「いい人、いないの？」

「いない。いたって私には寄ってこない」

「なんでよ」

「色気ないから」

「そんなあ」

「甘いムードとかダメなのよ。お腹痛くなるし、何を話せばいいかわかんないし」

「話なんかいいのよ、いちゃいちゃしてれば」

「いやだよ、そんなバカップル。お姉ちゃん、そんな恋愛観だから男と長続きしないんじゃないの」

「花ちゃん、きつい」

「今の彼氏とはうまくいってる？」

「うん、たぶん」

「たぶんでいいの？」

「いいの、いいの」

昔ながらの素朴なカスタード風味のプチシューは意外と尾を引くもので、やめられないねえ、困ったねえ、などと言い合いながら切れ間なく手を伸ばしているうちに、ようやく兄が到着したのかインターホンの音が鳴った。妹が受話器を持ちあげて「鍵《かぎ》、開いてる」と告げる。

舟和の芋ようかんを片手に現れた兄は、卓上のプチシューを見てちょっといやな顔をし、それから妹の変貌《へんぼう》ぶりを見てちょっと変な顔をし、しかしそのどちらにも言及せずに座布団の上にどかっと腰を下ろすなり言った。

「提案がある」

「一周忌だったら、私抜きで進めてよ」

「いや、それはちょっと置いといて、別の話。俺、思い出したんだよ」

「ふうん、じゃなくてさ、普通は聞くだろ、何をって」

「何を」

「暗い血のこと」

暗い血。気のない調子で応じていた私と妹が顔色を変えた。

「暗い血って、お父さんが言ってたっていう……？」

「ああ。この前、話を聞いたときはさ、親父が浮気してたって事実が強烈すぎて、そこまで頭がまわらなかったんだけど、でも、時間が経つにつれて妙にその暗い血がどうのってのが気になってきたわけよ」

兄はいつになく神妙な瞳《ひとみ》の色をしていた。

「で、思い出したんだ。親父の初七日にさ、親父の友達とかいうおじさんがうちに線香あげに来てくれただろ。俺、あの人を駅まで車で送ってったんだけど、今から思うとそのとき、妙なこと言われたんだよな」

「妙なこと？」

「今なにやってるのかってそのおじさんに訊《き》かれて、ありのままに話したら、なんかおかしそうに笑ってさ、血は争えないなって」

「血は争えない？」

どういう意味だろう。

「お兄ちゃん、ありのままって、どんなこと話したの？」

「うーん、たぶんあの頃、別れるの別れないので女と揉《も》めてて、結構参ってたもんだから、まあ、そんな話だろうな。女の苦労が絶えないって愚痴ったりもしたかな」

「そしたら、血は争えないなって？」

「ああ」

ますますわからない。

さらに兄は続けた。

「しかもそのおじさん、ただの友達じゃなくて、佐渡《さど》の出身らしいんだよ」

「佐渡？」

「って……あ、お父さんの？」

私と妹がそろって怪訝《けげん》な顔をしたのには、理由がある。

父が日本海のどこかに浮かぶ佐渡島の出身であることは、母の口から聞いていた。が、父はなぜだか故郷のその島を忌み嫌い、私たちの前で一度も話題に上らせなかったどころか、島の縁者たちとも完全に音信を絶っていた。

若くして両親を亡くした。高校卒業後に単身で上京、その後は一度も帰郷をしたことがない。母でさえもその程度の断片しか知らされていなかったようで、記憶喪失のみなしごと結婚したみたいよ、といつだか冗談交じりに洩《も》らしていた。

「親父のあの故郷嫌い、ちょっと尋常じゃなかっただろ。知られたくないことでもあるんじゃないのって、俺、子供心にうっすら思ってたんだよな。で、今回、その病的な故郷嫌いと、例の暗い血がどうのって話と、あのおじさんが言ってた血は争えないって言葉が、一気にがしっと繫《つな》がったわけよ。何かある。その何かを、あのおじさんは知ってるはずなんだ」

　思いこんだらどこまでも、を地で行く兄の憑《つ》かれたような目に、私は直感した。

「お兄ちゃん、そのおじさんに会って、確かめようとしてるでしょ」

「ビンゴ」

「やめようよ、もう」

　思わず声を尖《とが》らせた。

「私はマツモトイズミにもヤハギさんにも会わなきゃよかったって思ってるよ。二人に会ってわかったのは、わからなきゃよかったことばっかりじゃない。お父さんのことは、もうここまでにしておこう」

「そんな、今さら収まりがつくかよ。俺たちはパンドラの箱を開けちまったんだ。何が出てこようと、迎え撃つしかねえんだよ」

「でも、その箱はお父さんのもので、私たちには所詮《しょせん》関係ないことだよ」

「関係ないことあるかよ。親父に流れてた血は俺たちにも流れてるんだ。親父を知ることは、自分自身を知ることでもある」

処置なしだ。私は聞こえよがしなため息をついて妹に目配せをした。あーあ、お兄ちゃんが自分探しの旅を始めちゃったよ。声に出さずに訴えてみたものの、妹は私ではなく兄に向かって言った。

「うん、私も知りたい。お父さんのこと、私たちには知る権利があると思う」

「なによ、花まで。なんなの、権利って」

「だってお父さん、しょっちゅう言ってたじゃない。家族のあいだに隠し事があっちゃいけないって。私たちの秘密を許さなかったお父さんには、自分の秘密を公開する義務があるんだよ」

「そんな、あんたまた理屈っぽいことを……」

「とにかく私、自分が納得できるまではお父さんの一周忌に一切タッチしないから」

「二対一。決まりだな」

「待ってよ。大体そのおじさん、どこの誰だか知ってんの？」

鼻息荒く突き進んでいく二人に、私はなんとか水を差そうとした。父の初七日にたった一度だけ顔を合わせたきりの相手にどうやって連絡を取るつもりなのか、と。しかし、その返事を聞く前に玄関の戸が軋《きし》む音がし、続いて母の足音が響いた。

「あら、あなたたち、また来てたの」

居間の戸口から顔を覗《のぞ》かせた母が、私と兄を見てとぼけた声を上げる。

「言ったじゃない、今日、お父さんの一周忌の第三回打ち合わせするって」

「あら、そうだっけ。よくもそんなに話し合うことがあるわねえ」

「お母さんはまた病院？　よくもそんなに通うところがあるわねえ」

嫌味を返しても、今の母には通じない。

「そうなの、今日は耳鼻科にね。耳の奥がきんとして、耳鳴りもひどくて、昨夜《ゆうべ》は全然眠れなかったのよ。今日は悪いけど早めに休ませてもらうわ。花、お母さん夕飯いらないから、あなた一人で適当にやってちょうだい」

覇気のない声で告げ、さっと背中を向ける。お金をかけないおしゃれの上手な人だったのに、近頃の母はいつ見ても似たような恰好《かっこう》をしている。ウエストのゆるんだ服をだらしなく身につけ、アクセサリーの類《たぐい》もたんすの引き出しに眠らせたきりで、まめに染めていた白髪も伸ばしっぱなし。細部に神経が通っていないのだ。

「ちょっと、ごめん」

私は兄と妹に断って中座し、母の後を追った。

「お母さん？　入るよ」

庭に面した和室の戸を開くと、母は障子をぴったりと閉めきり、すでに布団の中にいた。わずか数秒で布団を敷いたとは思えないから、どうやらここは万年床になっているようだ。枕の先にある仏壇には父の遺影が飾られているものの、思えばしばらく線香の匂いを嗅《か》いでいない。

「機会があったら言おうと思ってたんだけどね、私、この前、マツモトイズミさんに連絡してみたの。お母さんはもういいって言ってたけど、やっぱり気になって、もう一度、話を聞きたくて」

母の枕元に膝《ひざ》をそろえて言った。母は顔の左半分を上にして枕にもたれたまま、閉ざした瞼《まぶた》を開こうとしなかった。

「マツモトさんはもう会社にいなかった。でも、ヤハギさんって人がお父さんのことをよく知ってて、話を聞かせてくれたの。お父さん、会社でもすごくまじめで、面倒見も良くて、人望が厚かったって。マツモトさんは虚言癖のあるとんちんかんな人で、誰も彼女のことは相手にしてなかったみたい。あることないこと言いふらされて迷惑をこうむった人も多かったみたいよ」

嘘ではない、真実の一部のみを抜粋しているだけだ。

私が息を殺して反応を待っていると、やがて乾いた声がした。

「いいのよ、もうそのことは。そういう問題でもないのよ、別に」

「じゃあ、どういう問題？」

問い返すと、ようやく母が瞼を持ちあげた。

「野々、あなた本当は私のこと、恨んでるんでしょう」

「なに、いきなり」

「無力な母親だったものねえ。お父さんに理不尽な叱られ方をするたび、あなた、いつも私を見てたわよね。どうして庇《かば》ってくれないの、どうしてお父さんの肩を持つのって、訴えるような目をしていつも見てたわ。そりゃあ、私だってお父さんの教育が偏ってることくらいわかっていたわよ。わかってはいても、親の反対を押し切って結婚して、故郷を離れて東京で三人も子供を産んだら、自分の時間も、自分の心も、あったものじゃない。せいぜいお父さんについていくしかなかった。お父さんを肯定していれば、自分の人生も肯定できると思ってた」

その価値観もポリシーも、よろず父を基準として寄り添ってきた母の告白に、私は驚くよりも、とまどうよりも、ひどく気落ちして、なあんだ、と思った。おめでたいほど盲目的に父を信じてきたのかと思ったら、なんだ、確信犯だったのか……。

だったら死ぬまでやりぬけばいいのに、今になって言い訳とも弱音ともつかないことを口にする母が、哀れでもあり、小憎らしくもあった。

「お父さんを肯定できなくなったら、お母さんの人生もおしまいってこと？」

少々毒を含ませて問うと、母は薄く笑い、

「おしまいじゃないけど、行きづまっているのよ」

「原因はやっぱり、その……お父さんの例のこと？」

「それも今となっちゃわからないわ。問題は、あの人が私に隠し事を持っていたってことより、あの人に隠すようなものを私が何一つ持っていなかったってことかもしれない」

「それは、つまり……お父さん以外との出会いがなかったってこと？」

「あなたのそのおつむの軽さは誰に似たのかしらねえ。そんなんじゃなくって、人生の充実度の問題よ」

母がほうっと息をつく。私は足を崩してその顔を見下ろした。

「やっぱりお母さん、一度、カウンセリングに行きなよ。素人の私よりもその手のプロに聞いてもらったほうがいいって」

「でも、カウンセリングじゃ耳鳴りは治らないでしょ。湿疹《しっしん》だって、神経痛だって、カウンセリングで治るなら苦労しません。次から次へと、本当にひどいのよ。あっちを治せば、こっちが痛みだす。たたられてるのかしら」

「しばらく田舎で骨休めしてくれば？　おばあちゃんだって心配してるんじゃないの」

「おばあちゃんはお店をしきるのに手一杯で、私どころじゃないのよ。ちょっとでも気を抜けばお嫁さんに女将《おかみ》の座を乗っ取られると思って、きりきりしてるんだから」

母は奈良で三代続いている漬物屋の長女として生まれた。短大卒業後も東京に残って就職し、得意先の会社にいた父と知り合って、結婚。長女の母に漬物屋を継がせたがっていた祖父母の反対を押しきっての縁組みだったため、こちらも数年のあいだは実家との絶縁状態が続いたというが、私たち子供の誕生や成長、祖父の死などがきっかけとなって互いに歩みより、今では元のさやに収まっている。

「今さら田舎に帰ったって、居場所がないのよ。母親って、いつまでもずっと母親のままだと思ったら、いつか突然母親であるのをやめて、一人の人間に戻るのよねえ」

もっともらしく言う母に、まさしく今のあなたがその状態なのだと返したいのをこらえて、私は腰をあげた。今の母には人の憐憫《れんびん》を誘うところといらだちを煽《あお》るところがあって、それを絶妙な間合いで交互にしかけてくるものだから、一緒にいるとこちらのほうがくたびれ果ててしまう。

「まあ、別に焦ることはないんじゃないの。そのうち自然と病院以外のところへも行きたくなるかもしれないし、それまでは長い休暇みたいな気分でのんびりしていれば？　病院に通いすぎて体を壊したら、病院が面倒を見てくれるでしょうしね。おやすみ」

おやすみの声が返ってこなかったから、ちょっと口調がきつかったかなと思いはしたものの、私は母を振り返らず、代わりに父の遺影をキッとにらんで、立ち去った。

居間へ戻ると、兄と妹は待ってましたとばかりに嬉々《きき》として言った。

「野々、決まったぞ。来週の日曜日、あのおじさんに会いに行く」

「え、なによ、それ」

「電話して、もう決めたんだよ」

「電話って、誰に？」

「だから、あのおじさん」

「どこの誰だかわかったのよ」

要領を得ない兄の横から妹が身を乗りだして説明する。

「〈大漁〉って回転寿司《ずし》のチェーン店、お姉ちゃん、知ってる？　そのおじさん、そこの店長をやってるってお兄ちゃんが聞いたの憶えてたの。今度、伊豆《いず》高原にオープンする新店舗に移るから、近くまで来たら寄ってくれって誘われたんだって。で、104でお店の番号調べて電話したら、確かにその人が店長やってた。いつでも会いにおいでって」

「まさか……」

聞くだけ無駄と思いつつ、聞かずにはいられなかった。

「まさか、伊豆高原まで会いにいくわけじゃないよね」

二人は答えるまでもないというふうに受け流すと、芋ようかんをほおばりながら時間や待ち合わせ場所の相談を始め、おやつはいくらまで、なんてベタなギャグを挟みながらすっかり盛りあがって、一人蚊帳《かや》の外の私は行くもんか、行くもんか……と心でつぶやきながら意地のようにプチシューをほおばり続けたのだった。

行くもんか。

しかし結局、その翌週の日曜日、私は伊豆高原へと走る車の中にいた。

朝、空が青すぎたのだ。真夏の到来を思わせるラピスのような青を見ていたら、こんな日にじっと家にいて、兄と妹が何を聞いてくるのかとじりじりしているなんて、ばからしくなった。美紀さんには念のためにバイトの休みをもらっていたし、達郎は新しい料金システムの研修会がどうので出社してしまったし、日中は三十度近くまで気温が上がるらしいのに私たちの部屋にはエアコンもないし、それで空が青かったら、もう、どこかへ行ってしまうほかはない。

車を出すと言っていた兄に電話をして、池袋で妹と一緒に拾ってもらった。正確にいうとそれは兄ではなく兄の彼女の車で、丸みを帯びた赤い車体も、黄色やオレンジのクッションも、バックミラーから吊《つ》りさがったキティちゃんのマスコットも「絶対に俺の趣味ではない！」と兄は私たちが乗りこむなり開口一番に弁明した。なんとなく、むずむずする車だねえ。妹も独りごちていたけれど、私は明るくて結構なことだと思う。青地にピンクの水玉カバーをかぶせた後部座席だって、日頃、達郎と二人乗りをしている自転車よりはずっと座り心地《ごこち》が良い。遠出は久しぶりなのもあり、都心を抜けたあたりにはすっかりドライブ気分に浸っていた。

「ねえ、お兄ちゃん、この車の持ち主の彼女と結婚しないの？」

「どうかなあ」

「しなよ、結婚」

「なんでだよ」

「ちょっと見所のありそうな男ってさ、いつもはちゃらちゃら遊んでても、結婚となるとまじめなしっかり者を選ぶじゃない。私、いつもずるいなあ、とか、面白くないなあ、とか思ってたんだよね。せめてお兄ちゃんには最後までちゃらけた女と添い遂げてほしいよ」

「あー、なんだ、つまり、俺には見所がないって話だな」

「うわ、いい眺め」

窓の外を駆けぬける風景は、まさに七月。真昼の月を透かす天からの烈《はげ》しい光線を、梅雨に汚れを洗い流された大地がこれまた烈しく撥《は》ね返している。樹木の青はより青く。流れる雲はより白く。窓を開けるや否や、たちまち前髪をもみくちゃにする風もぴちぴちと水っぽい。祭りの夜に綿菓子の露店から流れてくるような、甘く香ばしい夏の匂いがする。

小田原厚木《おだわらあつぎ》道路を抜けて間もなく、今年初めての海が眼前に広がると、私はもうたまらなくなって窓から身を乗りだし、きゃあ、とか、ひゃあ、とかはしゃぎ声を上げた。

「ねえ、ちょっと寄っていこうよ。ちょっとだけ」

熱海《あたみ》でいったん車を停め、海岸線の公衆便所で用を済ませると、私は二人の返事も聞かずにたかたかと階段を下りて砂浜へ急いだ。一面の海を見渡すベストスポットを探し、平らな岩に腰かける。陽射しをたっぷりと吸いこんだ岩肌はじんと温かく、潮騒《しおさい》の音がうとうとするほど心地良くて、てこでも動きたくなくなった。

「ああ、パラソルの下でビールをくーっと飲んで、昼寝でもしたい」

「何言ってんの。お昼頃行くって言ってあるんだから、急がないと」

「だって回転寿司でしょう? お昼なんて忙しいに決まってるじゃない。ちょっと時間ずらして行くのが常識ってものよ」

「まったく、もう」

呆《あき》れ顔の二人が道沿いの土産物屋をひやかしに行っても、私はそこから離れず、目を細めたり広げたり、瞼《まぶた》の上に手をかざしたりしながら海を眺めていた。

薄い雲がたなびいてきたせいか、今日の海は翡翠《ひすい》のように淡く緑がかって、半透明にぼやけている。雲の切れ間から陽が射すごとに、その白々とした光を波頭が一斉に掲げ、また沈んでは絡まり合い、網の目みたいな紋を海いっぱいにきらめかせる。時おり大波がその紋を砕き、地鳴りのような唸《うな》りを上げて波打ち際へと引きよせる。私の足下に届きそうで届かない間際でにわかに減速し、ほんの一瞬だけ静止する水――それが再び動きだし、浜辺の砂をさらって引いていくとき、音もなく地面がスライドするような、地球が少しだけ傾くような、そんな気がして私はいつもぞわっとするのだ。

「なんだ、まだここにいたのか」

道沿いの土産物屋でソフトクリームを食べてきたという二人が迎えにきても、私は依然としててこでも動きたくない気分だった。

「物好きだなあ。あんな下手なサーファー見てて楽しいかよ」

「見てないもん」

「いいかげんに行かないと遅くなるぞ。海なら彼氏とまた来いよ。ほら、立って、立って」

「じゃあ、なんか浮いた話してよ」

「は?」

「思わず腰が浮いちゃうような、浮いた話をしてよ」

ちょっとした思いつきで言ったのに、兄は波打ち際をぶらつきながら真剣に考えこみ、やがて「これだ」という顔をして振りむいた。

「この前、俺、初めて電車で痴女に遭った」

「お兄ちゃんはもういい」と、私は妹に視線を移した。「花、なんかないの？」

「もう、お姉ちゃんはそればっかり。私に浮いた話なんてないって言ってるじゃない」

「でも花ちゃん、最近、眉《まゆ》の描き方、上達したよね。服のセンスもまあ……まあまあ、まともになってきたし」

髪のボリュームをムースで上手に押さえた妹は、今日はクリーム色のポロシャツに焦げ茶のフレアスカートといういでたちで、足下には新品と思われる黒革のサンダルが光っている。左胸に写実的なトンボの刺繍《ししゅう》が入ったポロシャツとフレアスカートの組み合わせはいかがなものかと思うし、ここはせめて茶系のミュールでも履いてほしいところだが、しかし普段はもっさりとしたパンツばかり穿《は》いていた彼女がフレアスカートに挑んだ心意気を買いたかった。

「職場での出会いとかないの？　区民センターって、体育館だとかテニスコートだとかの申し込みに若い人たちも来るんでしょ」

某区民センターの受付事務をしている妹は、私のふとした問いに面白いほど素直に赤くなった。

「あ、なんかある。あるでしょ。あったでしょ」

「手紙をもらっただけよ」

「きゃあ、ラブレター」

「でも、すぐに返したよ」

「なんで？」

「だって、持ってると落ちつかないし」

「バカバカ、その落ちつかなさが恋の始まりじゃない」

「恋をするバカしないバカ、同じバカなら私は後者で結構よ。お兄ちゃん、行こ」

妹が言い捨て、貝殻や木片を呑みこんだ砂をのしのしと踏みつけていく。来ないなら置いてくぞ。兄に脅され、現金の持ちあわせの少ない私は渋々と二人のあとに従った。浮いた話は大好きだけど、実際に私を動かすのはお金がないとか、お腹がすいたとか、トイレに行きたいとか、大概そんなことなのだ。

熱海から伊豆高原までの道が混みあっていたため、国道沿いに〈大漁〉の看板を見つけたときにはすでに一時半をまわっていた。ガラス越しに見える店内の客はまばらで、パーキングにも数えるほどの車しか目につかない。その一角に兄が車を停めても、私たちはなかなかドアを開けようとしなかった。

「どんなおじさんだったっけ。初七日のときは私、ほとんど口きいてないんだよね。お父さんの遺影の前にずっーと座ってたのは憶《おぼ》えてるんだけど」

「話した感じは普通のおじさん。でも、やっぱ親父の知り合いだけあって気難しいのかな。口の固い人だったら、親父のこと聞きだすのに不利だよな」

「親の悪い話って、子供の耳には入れないようにするものだしね。心してかからないと」

父の忘れたがっていた故郷。隠したがっていた過去。そんなものを探るのは、暗い海底にひそむ不気味な生物でも覗《のぞ》き見するようで、この期に及んで尚《なお》も心が揺れていた。いっそ父の旧友がとてつもなく口の固い人であってくれたらいいとさえ思った。

が、結論から言うと、その旧友は極めて口のなめらかな人だったのだ。


「よう来たなあ。まさかほんとに来るとはなあ。ま、せめてたらふく寿司《すし》食ってきなよ」

ランチタイムを避けたのはどうやら正解だったようで、私たちの前で自動ドアが左右に開いたときには、すでに見覚えのあるおじさんがこちらへ歩みよってきていた。余分な肉のない精悍《せいかん》なその顔は、父の初七日に会ったときよりも少し陽に焼けたように見える。青い制服の胸元にある『店長　多喜《たき》』の名札を一瞥《いちべつ》し、ああ、やはりこの人は父の旧友なのだと私は改めて実感した。今夜はタキと飲む。タキから話があるそうだ。父がその名を口にするのを遠い昔から確かに耳にしてきた。

挨拶《あいさつ》もそこそこに四人がけのテーブル席へ通された私たちは、兄の横に腰かけた多喜さんから食いねえ、食いねえとうながされながらも、とりあえずお茶だけをすすりながら今回の訪問の主旨を伝えた。無論、マツモトイズミやヤハギさんのことは差し引いて。

「親父が死んで、しばらく経って、急に気になりだしたんです。自分にはどんな血が流れてるのか、ルーツはどこなのかっていうようなこと……考えてみると俺たち、親父の故郷や家族のこと、何一つ知らないんですよね。で、親父の昔からの友達だったら知ってるかなって、安易に考えて来ちゃったんですけど」

柄にもなく緊張した面持ちで兄が言うと、多喜さんはやれやれというような顔で私たちを順に見回した。

「親の故郷も知らねえとはなあ」

「親父が頑として言おうとしなかったもんで」

「まあ、そうだろうな。故郷なんざ、誰にとっても多かれ少なかれ疎ましいもんだ。普通はそれを補って余りある安らぎつうのもあるもんだが、お宅さん方の親父さんはついぞ、あの島で安らいだことなどねかったんだろう」

訳知り顔でつぶやく。

「お宅さん方、じゃあ、相川《あいかわ》のことも知らんか」

「相川？」

「佐渡の西北……海の向こうに本土が見えねえ側にある金山の町だ。江戸時代は将軍様の天領だった。金だの銀だのがざくざく採れてた当時は、そりゃえれえ賑《にぎ》わいだったって話だが、今じゃ婆さんと猫しかおらん。そんでも俺らが子供ん頃はまだ細々と鉱山が稼働しとって、今ほど閑散とはしとらんかったがな。昔の活気の名残みてえなもんが、確かにまだあった」

どうやらその相川が父の出身地らしい。

今こそ父の知られざる過去が語られる、と身構えた私たちに、しかし、多喜さんが口にしたのは意外な人物の名だった。

「その町に、相川のヤスと呼ばれる男がおった」

「相川のヤス？」

「またの名を、千人斬りのヤス」

ランチタイムの疲れを引きずっていた多喜さんの顔が、この一瞬、まるで夏休みの少年みたいな輝きを帯びた。

「ま、早い話、無類の漁色家だったつうわけだな。相川のヤスが通った後には処女が残らん。ヤスのおかげで相川には処女が一人もおらん。そんな艶聞《えんぶん》の絶えん男でさ、年がら年中、色恋沙汰《ざた》を起こしとった。顔がとびきり良かったわけでも大金持ちでもなかったのに、どこかこう、女を狂わせるとこがあったんだなあ。挙げ句、しまいにゃ実際、狂った女に長刀で斬りつけられて死んでしもた。生きるのも死ぬのも派手な男だったわ。お宅さん方に流れとるんは、そういう血だ」

「は？」

「そのヤスが柏原の親父さん、つまりはお宅さん方の祖父《じい》さんよ」

私たちのお祖父さん。

とっさに兄へ目をやると、兄は妹へ目をやっているところで、つられて妹へ目を逸《そ》らすと、妹は私から逸らした目を兄へ向けたところだった。この噛《か》み合わない目線が私たちの胸中の乱れを物語っているようでもある。

「お宅さん方の親父の生涯は、あのヤスを抜きにしちゃ語れねえ。ヤスはいろんな女の人生を狂わせたが、そりゃあもちろん、一番の犠牲者は血を分けた家族だもんなあ」

何かがあるとは思っていた。子育てに問題のある親の多くは、自らもまた問題のある親のもとに育った過去を持つ。そんなケースはテレビや新聞でごまんと目にしていたし、ましてや故郷を忌み嫌っていたとなると、十中八九、うちの父もそのクチであることは容易に想像がついた。あるいは、それらのケースに父をはめこむことによって、テレビ画面の中でモザイクをかけている人々と同様、父の過去を顔のない曖昧《あいまい》なものにしておきたかったのかもしれない。

が、しかし今、私たちの目前で旧友の口から説き明かされていく父の過去には、顔があった。私が正視を避けてきた父という人間の生身の姿が。感情が。そして痛みが。

父が柏原家の第二子として生を受け、「大海」という大仰な名を授かったのは、相川のヤスが男の絶頂期にあった頃――佐渡全域にその名を轟《とどろ》かせたという好色男の長男は、生まれながらにして島民たちの耳目を集める運命を背負っていた。

あれがヤスの嫡男か。正妻の産んだ子か。絶えず囁《ささや》かれ続けた父が心に屈折を抱えこむまでにさしたる時間はかからなかった。父はヤスを憎んだ。母親を泣かせる父親を軽蔑《けいべつ》した。そもそもヤスは父親としての役割を完全に放棄《と》した男で、実家が裕福だったのを幸いに定職にも就かず、時おりエビかご漁船の助《すけ》っ人要員として小銭を稼ぐ以外はぶらぶらと遊び歩いていた。妻子の待つ家に姿を見せるのはごく稀《まれ》で、柏原家の庭にヤスの洗濯物が干してあると、その噂は驚きとともにたちまち町内を駆け巡ったという。同情に似せた好奇心をむきだしにする島民たちにも父は激しく反発した。

痴情のもつれに端を発したヤスの死は、だから父にとっては止みがたい憎悪の終焉《しゅうえん》でもあった。少なくとも父はその死をごく淡々とやりすごしたようだった。もしもその半年後、生来、体の弱かった母親がヤスの後を追うように他界するという不幸の連鎖さえ起こらなければ、父は母親を支える孝行息子として島に留《とど》まっていたにちがいない。

ヤスの死と引きかえに波乱のない日常を手にした家族三人は、しかし、母親の死によって脆《もろ》くも離散した。両親を共に失った父とその姉は、その後、別々の親戚《しんせき》宅へと引きとられ、同じ島内にいながらも次第に疎遠となっていった。父を迎えいれたのはヤスの妹一家で、すでにそこには四人の子供がいたものの、父はさしたるトラブルもなくその家庭に溶けこんだ。むしろ以前よりも生活が落ちついたせいか情緒も安定し、学校の同級生にも多少は心を開くようになって、成績も目に見えて上昇。煩悩のままに生きるヤスを反面教師に育った父は、もともとまじめで勉強熱心な生徒として通っていたのだ。

とはいえ、どれだけ行いを正したところで、佐渡にいる限りはあのヤスの息子というレッテルを貼られ続ける。父にはそれが耐えがたかった。すべてを忘れ、自分を知る人間のいない東京で一から人生をやりなおしたい。佐渡一の進学校へと進んだ高校時代、父はその一心で受験勉強に精を出した。そして無事、某国立大学の奨学金を獲得し、島を離れたのだった。

「あんときのあいつの嬉《うれ》しそうな顔、俺は今でも忘れられん。相川の金山ではその昔、江戸から引っ張られてきた無宿人たちが金を掘ったり運んだりのひでえ重労働を課せられとったって話だが、無事お役目を終えて解放されるときっつうのは、こんな顔をするもんかなあと思ったもんだ」

無言で耳を傾けていた兄が、そのとき、初めて口を開いた。

「わかる気がします、その解放感。俺も二十歳で親父から逃げだしてるんで」

「海を越えたわけじゃあるめえ」

「そう、せいぜい多摩《たま》川を越えたくらいだったのに、親父は追ってこなかった。それが長年の謎だったけど、今の話聞いて、ちょっとわかった気がします」

去る者は追わず。父のあの徹底した姿勢は意地や信条ではなく、自らもまた故郷を捨てた人間であるという自覚の産物であったのかもしれない。

「親父はそれっきり、もう故郷の誰とも連絡を……？」

「初めんうちは親戚んちに便りくらいは出しとったようだが、それも数年しか続かんかったってさ。だんだん筆が遠のいて、しまいにゃ連絡しづろうなったんだろうな」

「でも、多喜さんとはその後も連絡を取り合っていたんですよね」

「俺も一緒に上京したクチだしさ。最初んうちはやっぱりこっちの水に馴染《なじ》めないわ、空気は悪いわ人は冷たいわで、ときどき会っては相川の言葉で愚痴を言い合っとった。そんでもあいつは絶対に島を懐かしんだりはせんかったなあ。驚くほどきっぱりと故郷を捨てやがった。大学を出て、互いにこっちで就職して、そんあとも年に一度か二度は会っとったけど、昔話つうのをあいつの口から聞いたことがねえ」

「じゃあ、どんな話を？」

興味を引かれて、つい口を挟んだ。

「家じゃいつも難しい顔をして、あまり口をきかない人だったんです。私、父と楽しく話をしたことが一度もないんですけど」

「ま、父親と娘つうのはそんなもんだ。確かに口の固いやつだったが、俺とはざっくばらんにさ、ま、仕事の話だの、上司の不満だの、普通に話しとったよ。家族の話もよう聞いたなあ。お宅さん方のこと、昔からそりゃあ心配しとった」

「私たちを？」

「こう言っちゃなんだがさ、ほら、お宅さん方にもあのヤスの血が流れとるわけだろ。こんな誘惑だらけの都会で子供らをまともに育てられるか気が気じゃねえ、どうすりゃ暗い血を封印できるんかって、はたから見りゃあほらしいほど真剣に悩んどったさ」

血――。

私は息を呑《の》みこんだ。

「暗い血……って、父が？」

「あいつの昔からの口癖だ。暗い血、暗い血って、何かってえと言ってたなあ。ヤスみてえな男はさ、離れて見てるぶんにゃ豪快で愉快だし、実際、相川じゃちょっとしたヒーローでもあったんだが、身内の人間にしてみりゃ迷惑千万つうもんで、あいつはヤスをどすけべなバカ親父としか思えんかったんだな。そのどすけべの血が自分にも流れとるのがおっかなかったんだろうよ。一つ間違えりゃ自分もああなる。死ぬまでそれに怯《おび》えとったんだな」

「最後に父と会ったのはいつでしたか」

「あ？」

「そのとき、父は暗い血のことで何か言っていませんでしたか」

聞き方が、あまりに必死すぎたのかもしれない。多喜さんはその瞳《ひとみ》にとまどいの色を載せ、私、妹、兄……と探るように見回した。

思い当たる節のありそうな顔だった。

「いやその、俺はそんなにたいしたことは聞いちゃおらん」

「たいしたことじゃなくてもいいです」

「教えてください。俺たち、もう何を聞いても驚きませんから」

「そういわれちゃっても、なあ……」

私と兄の挟み撃ちにあった多喜さんがにわかにガードを堅くする。が、時すでに遅しだ。ヤスの子である父の最後を、その体に流れる暗い血の顚末《てんまつ》を、誰よりも多喜さん自身が知りたがっている。落ちつきのない瞳からそれを察した私がだめ押しに多喜さん、とせっつくように呼びかけて間もなく、父の旧友は再び口を開いた。

開けば、おのずととめどなく言葉の溢《あふ》れる口だった。

「七年前に勤めてた会社をリストラされたんだ。いや悪い、俺の話だけどさ、そんでこの寿司《すし》屋に転職して、都心を離れて、柏原ともそうそう会わんようになった。いやなあ、先細りが目に見えとる漁業に見切りをつけて上京した俺が、まさか魚を扱う職に就くとはなあ。ま、そんな話は置いといて、最後に柏原と会ったのはあいつが……その、事故に遭う三ヶ月ほど前だったかな。久しぶりに会いたいっつう電話があって、俺はそん頃、千葉の木更津《きさらづ》店で店長やっとったんだが、あいつわざわざ木更津まで会いに来よった。店を閉めてからどっかの居酒屋で夜更けまで飲んだっけなあ。どっか様子がおかしいとは思っとったんだが、そんとき、久しぶりにあいつから暗い血っつうのを聞いたんだ」

「父は、なんて？」

「逃れよう、逃れようとしてきた暗い血に捕まった。この年になって、ついに捕まってしもた。そんなこと、あいつ言いよった」

ヤハギさんを疑っていたわけではない。けれども心の隅では「まさか」といまだ思っていた。すべてが何かの間違いである可能性をどこかで信じていた。けれどもこの瞬間、私はようやく腹の底から、体の芯《しん》から、少しのぐらつきもなく確信したのだ。父は、母以外の女と寝ていたのだ、と。

逃れよう、逃れようとしてきた暗い血に捕まった。その言葉の意味するところは兄と妹にも伝わったらしく、多喜さんがそれを口にしてからというもの、私たちはすっかり言葉少なになった。思えば、意気込んでいたわりに妹はここへ来てからほとんど口をきいていない。昔から彼女は内弁慶で、外では人みしりをする子だった。

逆に、家ではあまり自分を出さず、外で発散していたのが兄だった。

「なんか、余計なこと言ってしもたかもしれんなあ。ま、食えよ。食え、食え。なんでもいっぺえ食ってけ」

弱り顔の多喜さんから押しつけられた割り箸《ばし》をいち早く割って、少々やけ気味に寿司皿へと手を伸ばした兄は、四皿目を平らげたあたりから俄然《がぜん》いつもの調子を取り戻し、ヤスの話をもっと聞きたいとせがみはじめた。それに応《こた》えて多喜さんの語ったヤス伝説の数々(ヤスは八歳で童貞を捨てた/尋常小学校時代は四人の女と駆け落ち、同級生の母親とも関係を持ちまくる/高等小学校卒業後、親戚の養豚を手伝っていた時分には、何度か豚を犯している現場を目撃されている/しかしヤスがその本領を発揮するのは二十歳以降で、どういうわけだか次から次へと寄ってくる女にわけへだてなく手を出し尽くした結果、佐渡には今もヤスの面影を宿す住人が妙に多く、島人口の三分の一はヤスの種だろうと囁《ささや》かれている/等々)は、まったく荒唐無稽《こうとうむけい》なものばかりだったものの、私も妹も兄に倣って寿司をつまみながら黙って耳を傾けていた。自分の父親が一人の女と寝た話に比べたら、会ったこともない祖父が千人の女と寝た話のほうがよほどマシというものだ。

「それで?」「それから?」と兄にせがまれるままに語り続けた多喜さんの話が尽きた頃──というよりも、兄の「それで?」がようやくとぎれた頃には、私たちの前には合わせて数十枚の皿が積み重なっていた。

「やっぱきょうだいだなあ。光りものが苦手で、イカが好物、マグロだったら赤身よりもトロ。お宅さん方、ネタの好みがそっくりだ」

私たちが箸を置くのを見届けると、ヤスの話に夢中になっていたようでいてどこか職業意識の働いていたらしい多喜さんはしきりに感心し、それからズボンのポケットを探って一枚の紙きれを取りだした。

「柏原に姉さんがおるって話したろ。これがそん人の住所だ。あいつが死んだことは帰郷したときに俺から伝えてある。三十何年も離ればなれに生きてきたっつうても、やっぱり、たった一人の姉さんだもんなあ。お宅さん方のこと、えらい気にかけとったよ。機会があったら訪ねてみればええ」

その紙切れにいち早く手を伸ばし、ズボンのポケットにねじこんだ兄の運転する車に揺られた帰りの道中は、行きとはムードが一変し、誰もが無言でそれぞれの思案に沈んでいた。往路以上に渋滞した国道135号線を抜け、曲がりくねった山道を越えて、再びその先に熱海の海が見えても、私はもう窓から身を乗りだしはしなかった。

夕暮れの海はただ暗いだけだった。せめて夕日でも照っていれば恰好《かっこう》がつくのに、海苔《のり》巻きみたいな雲に巻かれて、何もかもが冴えない鈍色《にび》の闇の中だ。

「暗い血って、単なる性欲じゃなくて、ヤスのことだったんだな」

兄が話の口火を切ったときには、すでに湯河原《ゆがわら》近辺までさしかかっていた。

「ああ、うん」

あまりにも長い静寂に眠気を催していた私は気だるい声を返した。

「つまり、その……絶倫の血って感じ？」

「結構な話じゃねえかなあ」

「ねえ」

「けどクソまじめな親父にはそうは思えなかったんだろうな。自分だけじゃなくてさ、俺たち子供にも同じ血が流れてんの心配して、そんであんだけ気狂いじみた育て方をしたってわけかな」

それは私も考えた。口を開けば小うるさい説教や訓戒ばかりで、でも時にはあんな言葉もかけてくれた……と好意的に振り返れるエピソードの一つも残してくれなかった父。その根底にあったのは、人間はかくあるべきという理想ではなく、人間はかくあるべからずという絶望だったのかもしれない。

「そんなに力みすぎることなかったのに」。思わず知らず小さなため息がこぼれた。「お兄ちゃんはともかく、私、あんまりヤスの血なんて引いてない気がするし」

こと性に関しては完全に父の取りこし苦労だったと、私は心で力なく嗤《わら》う。

「俺はともかく？」

私の言う意味を推し量るような沈黙の後、兄はバックミラー越しにぴくりと片眉《まゆ》を持ちあげて見せた。

「ってことは……それってつまり、俺はヤスの血を引いてるってことか？」

「わかんないけど、ちょっと近い気はする。彼女がころころ変わるところとか」

「いや、絶倫と女癖の悪さっていうのはまた別の問題なんだけど、でも、そうかな。俺にもヤスが入ってんのかな。そう思うと、こう、ちょっと元気が出てくるよな」

「は？」

「はっきり言って俺、これまで自分のこと、薄っぺらいぺらぺらな人間だって思ってたけどさ、そんでそれは親父のクソ厳しい教育の反動だってずっと思ってたけど、ヤスの話聞いたら、なんかそれだけじゃない気がしてきたんだよな。俺にもあの豪傑の血が流れてる。そう思うと、こう、ちょっとビッグになった気分つうか、生きる希望が湧いてくるつうかさ」

それはまた薄っぺらい希望だなあ、と目を瞬《しばた》いた私のとなりで、窓にもたれて寝入っているふうに見えた妹がふいにきつい声を響かせた。

「ばっかみたい。私はそんなお兄ちゃんと同じ血が流れてるのかと思うと、生きる希望を失うよ」

「あ？」

「ヤスみたいな人が自分たちのお祖父《じい》さんだなんて、普通は恥じ入るものでしょう？　お姉ちゃんもショックじゃないの？　気持ち悪くないの？　ろくでもない淫乱男《いんらん》の血が自分に流れてるってわかったのに、なんでそんなに平気な顔してられるのよ」

多喜さんの前ではおとなしくしていても、身内だけになるとやはりいつもの妹だ。

「平気っていうか……だって会ったこともない人だし、ねえ」

「昔のことだし、なあ」

「でも、お祖父さんはお祖父さんじゃない。大体さ、そんな父親に育てられたお父さんのこと、ちょっとはかわいそうとか思わない？」

一際強く言い放ち、はたと口をつぐむ。図らずして父の弁護をしてしまったことに気付いた彼女は瞳《ひとみ》のいらだちを一層濃くして押し黙った。

「かわいそうっちゃかわいそうだけど、別にヤク中の親父にシャブ打たれながら育ったってわけでもないし、食うに困って臓器を売られたわけでもないし……」

兄がのらりくらりと言う。

「あの多喜さんの話もさ、ちょっと眉つばってところがないでもないし、今んとこなんとも言えねえなあ。とりあえず俺、ちょっと佐渡まで行って確かめてくるわ」

唐突な兄の宣言に、私は「え」と反射的に声を上げはしたものの、実際にはそれほど驚いていなかった。例の紙きれを兄が奪うようにポケットへ入れた時点から、そんな予感はしていたのだ。

「ここまで来たらもうとことんまでやらなきゃ気が済まないっていうかさ。親父の姉さんって人にも会ってみたいし、ヤスの話ももっと聞きたいし……。とにかくちょっと行ってくる」

妹はすんなりとうなずいた。

「じゃあ、さっきの紙、私に貸して」

「あ？」

「私から連絡する。お兄ちゃんよりはマシな状況説明ができるでしょ」

「もしかしておまえも行く気？」

「私だってこのままじゃ収まりがつかないもの。お父さんの田舎に行って、もっといろいろ話を聞いたら、もしかしたらお父さんのこと、少しは許せるかもしれないし」

「ちょっと待って。お父さんの浮気と、お父さんの田舎と、何の関係があるの？」

再び暴走を始めた二人に、私はまたも虚《むな》しい抵抗を試みる。

「もうやめよう。これ以上、お父さんの過去をほじくり返したってしょうがないよ。お父さんだって草葉の陰からやめてくれって叫んでると思うよ」

「でも、原因を作ったのはお父さんだよ。私たちの前では筋金入りの堅物人間みたいな顔して、過去のこと隠して、浮気のことも隠して、最後までちっともほんとの姿を見せないまんま逝っちゃった。結局、私はお父さんのことなんてなんにも知らなかったんだって、そんな気分に娘をさせるのは親として一番やっちゃいけないことじゃない」

「親だから、知られたくなかったんだよ、娘には」

「知られたくないようなことなら、最初からやらなきゃいい」

妹の声が微《かす》かにうわずって震えた。泣くのかな。子供の頃みたいにぎゃんぎゃん泣くのかな、と私は身構えたものの、彼女は軽く瞳を潤ませただけで、却《かえ》ってそれが痛々しくも思える。

「マツモトイズミさえ現れなければ」。私はつぶやいた。無益な愚痴にすぎないと知りながらも言わずにいられなかった。「私がお母さんとの約束を守ってあのことを内緒にしていたら。会社に電話をしたとき、たまたま受話器を取ったのがヤハギさんじゃなかったら。ヤハギさんからあんな話を聞かなかったら……」

「そしたら俺たちは親父の脛《すね》の傷も、ガキの頃から抱えこんできた悩みも、なんにも知らずに親父を完璧《かんぺき》な真人間だと思い続けたわけだよな。それで、ほんとに良かったのか？」

兄の投げかけた難題に、わからない、とつぶやく。

「わかんねえよな、今の時点じゃ。だから、俺はもっと親父のことを知りたい」

「私は知りたくない」

「なんでだよ」

「よくわからないけど」

「お姉ちゃんはお父さんに近づきたくないんだよ」

冷ややかな声に振りむくと、私を咎《とが》めるような哀れむような妹の目があった。

「お父さんを知ることは、お父さんに近づくことだから。お父さんに近づけば、お父さんが生きてた頃のことも、死んだことも、もっと生々しくなるから。お姉ちゃんはそんなもの遠ざけて、愛だの恋だの、次々に変わる同棲《どうせい》相手だの、そんなものだけで頭をいっぱいにしておきたいんでしょ。お父さんを自分の人生から完全にシャットアウトしたいんでしょ。でも、そんなのは所詮《しょせん》、無理な話だと私は思うよ。二十年間、お姉ちゃんだってずっとお父さんのもとで過ごしてきたんだから。その時間はこれからだってついてまわるし、逃げても逃げても、お姉ちゃんはきっとお父さんから逃げきれない」

他人の未来を断定する高慢な占い師みたいな言いぐさに、鼻白みながらもなぜだか心の急所が疼《うず》いている。私は何か言い返そうと反射的に口を開け、しばらくそのまま待ってみたものの、現れたのは負け惜しみみたいなため息だけだった。そんな自分に失望し、にわかに腹も立って、キッと奥歯を噛《か》みしめた顔を車の窓に映す。なんとも情けないその像の向こうには暗い海岸が尚《なお》も続き、海とも空ともつかないぼやけた群青の薄闇に、星とも船明かりともつかない小さな点がぽっちりと浮かんでいた。

その夜、私は冷蔵庫にあった豆腐やセロリをつまみに焼酎《しょうちゅう》を飲みながら、ヤハギさんとの電話から多喜さん訪問に至るまでの経緯を達郎に報告した。話せば長くなるから、と時機を見ているうちに、ますます話が募って長くなり、切りだすに切りだせなくなっていたのだ。無論、この件への深入りを反対していた彼に隠れて動いていたバツの悪さもあった。が、ここいらが潮時だろう。妹が何を言おうと、私にはもうこれ以上、父の過去にかかずらい、振りまわされる気はなかった。兄と妹の佐渡行きにも同行しないと断言し、この一件からは手を引いたつもりでいた。

マツモトイズミへの連絡さえも反対していた達郎は、私とヤハギさんとの対面を知って眉をひそめ、多喜さんとの対面に至ってはほとほと呆《あき》れはてたという顔をした。

「よくもまあ、死んだ身内の過去をそれだけ執念深く詮索《せんさく》できるもんだよなあ。っていうかあんたたちきょうだい、暇なんじゃないの？」

中日が13対0で惨敗したばかりで機嫌が悪いのだ。

「そりゃあ、達郎みたいに休日もバイトばっかりしてる人よりは暇かもしれないけど。でも、私だって週に六日はバイトに通ってるんだから」

「って自慢げに言うけどさ、今時、時給八百円かそこらでそんだけ働いてる二十五歳の女ってどうよ」

「どうって、どうよ」

私が唇を突きだすと、達郎はその下唇を指でつまんでぶるぶる振りながら「まあ、どうでもいいけどさ」と気のない声を出した。

「好きにすればいいんじゃないの。佐渡に行きたければ行ってくればいいし」

「だから、行かないって言ってるじゃない」

「どうせ俺が止めてもきかないんだろうし」

「行かないってば」

もしかして、と私は思った。達郎の機嫌の悪いのは中日のせいだけではなく、このところ私が父の件にかまけていて夜の働きを怠っていたからではないか、と。

そこで、「達ちゃん」とやや上目遣いに囁《ささや》いて達郎の太股《ふともも》に右手を這《は》わせてみたところ、達郎にその手首を摑《つか》まれ、私の頭の上まで持っていかれて、お猿のポーズを取らされた。

「あんたの考えてることは大抵わかる。わかるけど、大抵、間違ってるよ」

玉砕。達郎の手が離れると、私はしょうがなく頭の上に載せた手で髪をかきあげてみたりした。ちっとも様にならない。

「ねえ、達郎」

「あ？」

「来週の日曜日もバイト入れてるの？」

「あー、うん。確か」

「再来週は？」

「まだ決めてない」

「じゃあ、再来週の日曜日、海に行かない？」

「海？」

「うん。今日、熱海の海を見たら、達郎と行きたくなっちゃった。千葉とか、湘南《しょうなん》とかの海でもいいから、行って、パラソルの下でビール飲んで、昼寝しよう」

「おー、いいかもな、それ」

「いいでしょう、それ」

「じゃ、行こっか」

その一言で私はころりと幸せになった。

幸せというよりも、安心した。

恋人と先のことを約束するたび、少なくともその日までは二人の関係が継続するという保証を手に入れた気がして、安心する。今度、映画に行こう。いつか、温泉に行こう。日時指定のないあやふやな約束でも構わない。先のことなどわからないと男たちは言うけれど、わからないからこそ適当に埋めて、いくらでも勝手に華やげてくれればいい。

「お兄ちゃんと調整して、佐渡行きの日程が決まったよ。再来週の連休。二泊三日。お姉ちゃん、ほんとのほんとに行かないの？」

その夜遅く、妹から念押しの電話があったときも、私は締まりのない声で返した。

「だって再来週の日曜日はねえ、彼氏と海へ行くからねえ」

「海なら佐渡にもたっぷりあるんだけどねえ」

「でも、彼氏は佐渡にはいないからねえ」

「連れてくればいいのに」

「実家にも来ない人をどうやって佐渡まで連れてくのよ」

「愛されてないんじゃないの」

「愛は、海にあるのよ」

ダイニングキッチンで妹と愚にもつかない会話をしていたそのとき、奥の部屋では達郎が携帯メールを打っていた。そういえばこのところ頻繁にそんな姿を目撃する。ずいぶんと熱心に。何の連絡だろう。あ、受信。戸口の合間から見るともなしに眺めていると、やがて達郎が私の視線に気がつき、おもむろに携帯をジーンズのポケットへ押しこんだ。押しこまれてしまえばもはやそこに不吉な影はないから、とってつけたような達郎の微笑《ひ》に、私もにっこりと微笑み返す。海。パラソル。ビール。薔薇《ばら》色の約束に浮きたつ心を瞳《とみ》で彼に伝達する。

目の前にある黒雲よりも、遠く輝く青い空を思っていたほうが良いに決まっている。

こと自分の人生に於《お》いて、すべてが一斉に、がらがらと音を立てて崩れるような事態はまず起こり得ない、と私は漠然と信じていた。自分の将来をぼんやりと思い描くにつけ、ろくな中年にはなりそうにないなあという気はしていたものの、それは球でも転がさなければ気付かない程度の斜面をずるずるずると下降していくようなもので、一気に急降下するほど勢いのある人生は送っていないという自負があった。崖《がけ》から落ちるのも、山から落ちるのも、まずは上まで登りつめてこその悲劇なのだから。

ところがその翌週の月曜日、いつものように閉店間際に顔を出した美紀さんが、マリヤさんという友達を連れていたところから、何かが狂いだしたのだ。

白シャツの襟を恰好《かっこう》良く立てたマリヤさんは、初対面の私にも十年来の友達みたいな笑顔を向けてくれる人懐こい女性で、どことなく客商売に長《た》けた感じがすると思ったら、つい先日までやはり天然石とビーズを扱うショップの副店長を務めていたという。同業のよしみか、女性経営者のためのなんとか講座で知り合ったばかりという美紀さんともすっかり意気投合していて、店内の商品について熱心にあれこれと話しこんでいた。

「へえ、この琥珀《こはく》、珍しい形だね。どこで仕入れたの？」

「このトルマリンはもっと高く売れるよ。ここまでクリアな青はめったに入らないから」

「アマゾナイトってなぜか日本人に受けがいいんだよね。もっと種類増やしてもいいかも」

閉店までショップに居続けたマリヤさんと三人で食事をして帰ろうと誘われたとき、私は遠慮をしたのだ。私がいるとマリヤさんも気がねをするだろうし、私だって家で達郎と素麺《そうめん》でもすすっていたほうが気が安まる。けれど「たまにはいいじゃない」「行こう、行こう」と二人に強く迫られ、断りきれずについていったのが運の尽きだった。

二人が当然のように拾ったタクシーで辿《たど》りついたのは、朝霞のアパートからは遥か遠い六本木《ろっぽんぎ》の一角。ワインの種類が百だか千だかあるのが売りの小洒落《こじゃれ》たダイニングバーだった。食通の美紀さんはワインにも少々うるさいのだ。マリヤさんもなかなかのこだわり屋らしく、二人は薄暗いテーブル席でしばし論議を交わしたのち、ようやく一本目の赤ワインを選択した。とりあえずビール、と早々に喉《のど》を潤していた私は少々浮いてしまった形になる。

友達とはいっても、ショップの手伝いを始めてからこのかた、美紀さんと私との間ではまったくと言っていいほどプライベートなつきあいはなかった。若くしてショップを開いた彼女のような人は、一見、飛んでいるようにも浮かれているようにも見えるけど、その実、お祖父《じい》さんが銀行の頭取だったり、お父さんが名の知れた経済コメンテーターだったり、青年実業家の従兄弟《いとこ》がいたりと、この資本主義社会の上のほうにきちんと小指の先を引っかけているのだ。相川のヤスを祖父に持つ私といまひとつ話が嚙《か》み合わないのも無理はない。

一度だけ、バイトを始めて間もない頃に、友達の家でワインのテイスティングパーティーがあるから行かないかと美紀さんに誘われ、同行したことがある。テイスティングパーティーというのがいかなるものであるのかも知らずに。

仲間の一人がセカンドハウスとして使っているという恵比寿《えびす》の高級マンションを訪ねて、驚愕《きょうがく》した。ちょっとした舞踏会でも開けそうなほどに広々としたその一室には、立食スタイルでいくつかのテーブルが配され、それらの上には所狭しとワインのボトルが並んでいた。ランダムにテーブルを囲む人々は次から次へとそれを空けていくのだが、彼らは口に含むだけで決して喉には通さず、何度か鼻をひくひくさせたのち、ナプキンで口許《くちもと》を覆いながら紙コップに吐きだすのだ。ワインはね、香りをいただくものなのよ。美紀さんの甘い囁きは、アルコールとは酔うためにあると信じて疑わなかった私を戦慄《せんりつ》させた。

場違い、の三字をあれほどリアルに体感したことはない。途方に暮れた私は右手にワインのボトル、左手にワイングラスを握りしめると、このボルドーはどうの、このブルゴーニュはどうのと蘊蓄《うんちく》を交わす群を逃れて、寒風の吹きすさぶバルコニーへ避難した。そして無人のテラス席で独り黙々とワインを飲んでいたところ、ややして仲間が出現。やはり右手にワインのボトル、左手にワイングラスを握りしめた男がふらりと現れ、私の向かいに腰かけたのだ。

「一緒に飲んでもいい?」

それが達郎だった。

達郎もまた友達に誘われて来たものの、パーティーのスタイルに馴染《なじ》めずに困惑していたクチで、私たちはがくがく震えながらも杯を重ね、ボトルが空になるとまた新たな一本をくすねてきて飲み続け、私はすっかり酔っぱらって途中で正気をなくし、気がつくと達郎のアパートの部屋にいた。それが私たちのなれそめだ。あの夜は達郎も酩酊《めいてい》していたし、私もジェルを持ちあわせていなかったし、誓って何もなかったのだけど、へべれけになった私が初対面の男と肩を組んで消えていくのを目撃した美紀さんは、以降、二度と私をプライベートな席に誘うことはなかった。

その美紀さんがなぜ、今日に限って私を誘ったのか。

胸につかえていた疑問が解けたのは、馴染みのレストランやクラブの話に興じる二人が最初のワインを空け、再び入念な検討を経て二本目を注文したのちだった。

「じつは、野々ちゃんに話しておかなきゃならないことがあるんだけど」

と、美紀さんが改まって切りだしたのだ。

「うちのショップね、本当言うとこのところ、経営が良くないんだ。ほら今、割安で天然石を売るネットショップが増えてるじゃない。コアなマニアはどんどんそっちに流れてくんだよね。このままじゃ先行きも怪しいし、なんとか手を打たなきゃって、私なりに結構悩んでたのよ。で、今まで野々ちゃんにはお世話になったけど、これからはマリヤちゃんに協力してもらって、新しい展開を始めようと思ってるの」

とっさにマリヤさんへ目をやると、彼女は例の人懐こい笑顔でうなずいた。いらっしゃいませかしこまりました何でも仰せつけください、という笑顔。

「マリヤちゃんはね、前のショップにいた頃、インターネットのホームページも担当してたんだって。うちもこれからネット販売に参戦するつもりだし、それにはやっぱり彼女の協力が必要なの。あと、これもマリヤちゃんのアイディアなんだけど、週に一度はショップでアクセサリー作りの教室を開いたりもしていこうと思ってる。野々ちゃんはポップ作りとか上手だし、本当によくやってくれたけど、私も正直、レジ締めや商品管理をぜんぶ一人でやるのはきついところもあったんだ。ほら、西荻《にしおぎ》にあるインド雑貨屋、あそこも一応私が責任者だから、これからもかけもちで管理していかなきゃいけないし」

事実上のクビ宣告。私がそれをさほどの衝撃もなく受けいれられたのは、これまでも何度か似たような目に遭ってきたせいかもしれない。自由で、気楽で、何物にも縛られずにいられる代わりに、明日からの保証もない。それがフリーターの宿命だ。

ストーンマートでの仕事が好きだった。ショップにも愛着を持っていた。レジ締めだって、商品管理だって、任せてくれたら張りきってやった。

けれど所詮《しょせん》、あれは私ではなく美紀さんのショップなのだ。

「わかりました」

三杯目のビールを一気に飲みほし、ウェイターにおかわりを注文してから、私は美紀さんに向き直った。

「今までお世話になりました」

「今すぐ辞めてくれって話ではないのよ。野々ちゃんにも生活があるでしょうし、その辺はちゃんと考慮するつもり。新しい仕事を探すのにもそれなりに時間が要るものね。それにマリヤちゃんもね、新しい仕入れ先の開拓にアジアをまわってくれたり、来月の半ばあたりまでは結構忙しそうなのよ」

「じゃあ、来月の半ばまでお世話になって、それからマリヤさんとバトンタッチでいいですか」

「助かるわ」

スムーズに事が運んだせいか、美紀さんは安堵《あんど》の様子でワインのピッチをあげた。それから初めて気付いたように「野々ちゃんもワインをどう？」と勧めてくれたものの、私は四杯目のビールを飲んだら帰る気でいたので辞退した。

ところが、私がその四杯目を飲みほす前に、ほろ酔い気分になった美紀さんの口から、さらなるショッキングな話が飛びだしたのだ。

「そういえば私、この前、久しぶりにコバちゃんと会ったわよ」

コバちゃん、というのは例のテイスティングパーティーに達郎を連れてきた男友達で、美紀さんの知り合いの知り合いにあたる。

「余計なお世話かもしれないけど、野々ちゃん、達郎くんにもっと目を光らせたほうがいいよ」

「はい？」

「最近、休日に別の女と会ってるって噂」

急激に酔いがまわったみたいに、目に映るすべてがぼうっと輪郭を潤ませた。

「休日……あ、でも達郎は休日、大体引っ越しのバイトなんですよ」

「そのバイトで知り合ったお客さんに手を出したとか出さないとか」

一瞬にして静まり返ったテーブルに、ウエイターが四杯目のビールを運んできた。ウエイターは二人にワインのお味はいかがですかと尋ね、結構タンニンが強いけれど好みの味だとマリヤさんが、二本目にはぴったりの重量感だと美紀さんが答えた。私はシェイビングクリームみたいなビールの泡がしぼんでいくのをただぼんやりと眺めていた。

「ごめん、やっぱり余計なお世話だったかかな。でも私はね、自分だったらこういうこと、教えてもらいたいタチだから。秘密とかいやだし、知らなきゃ決着もつけられないし」

どんぶりみたいなワイングラスをぐるぐると回しながら言う美紀さんに、「私も」とマリヤさんが賛同する。

「私も、絶対に教えてもらいたい派だな。周りがみんな知ってるのに、自分だけ知らないのって最悪」

「言えてる。本人の耳にはさ、やっぱり入れづらいっていうのもあるんだろうけど」

「けど真実をしっかりと見極めた上で、そこからどう勝負に出るかっていうのが、女の腕の見せどころなわけじゃない」

「言えてる、言えてる」

男と女の話に沸く二人を横目に、どうやら私は教えてほしくない派のようだと思いつつ、でもまあいいか、良くない気もするけどしょうがない、と自分をなだめてビールを喉《のど》へ流しこむ。四杯目のそれを飲みほすと、そろそろお先に、と美紀さんに断って席を立った。

「お、早速、勝負に出るんだね」

「がんばれ、野々ちゃん」

二人は頑として私から飲み代を受けとろうとせず、埒《らち》が明かないのでレジにいたウェイターに五千円を預けて外へ出た。

たった一時間半かそこいらのうちに、ずいぶんといろんな難題を背負ってしまったものだなあと、何年ぶりかわからない六本木の街明かりをうつろに眺めながら思った。

新しい仕事を見つけなければいけない。

達郎に目を光らせなければいけない。

けれども今はとにかく最寄りの駅がどこにあるのか探さなくてはならないと、私はこみあげてくるため息をぐっと呑《の》みこんでその急務を遂行した。

達郎が外でほかの女と会っているかもしれない。言うまでもなくそれは、父が外で母以外の女と寝たことを知るよりも、祖父が佐渡で千人の女と寝たことを知るよりも、より直《ちょく》截《せっ》な痛みと焦燥を私にもたらした。なにせ達郎は私自身の恋人だし、これは現在進行形の危機でもある。それでも私がいつも通りの顔で家に戻れたのは、クビの宣告に慣れていたのと同様、過去完了形となった男たちとの関係に於《お》いても似たような経験をしてきたせいかもしれない。

私は美紀さんやマリヤさんのように勝負に出たりはしないだろう。マッモトイズミのことを半年以上も胸に秘め、ほとんど振り返ることもなく忘れたことにしていたように、美紀さんから聞いた話もなかったことにするのだろう。それでもきっと今後は達郎の休日の過ごし方やちょっとした言動に過敏になって、彼が携帯の着信メロディを変えただけで胸がざわめいたり、このところセックスが減ったのは外で抜いているせいなのでは……などと勘ぐったりしはじめ、疑心暗鬼な自分に嫌気がさして鬱々《うつうつ》としてきて、しょうがないから気晴らしにほかの男と飲みに行ったりしているうちに、何かの拍子でそのうちの一人と寝てしまったりもするだろう。そうしてしばらくゴタゴタしてからその男とつきあうことになって、荷物をまとめての相手の部屋へ引っ越し、達郎も過去の一つになる。

そうか、結局は達郎とも別れることになるのかと、私はその虚《むな》しくもリアルな未来図を前に術《すべ》もなく立ちつくした。

あとどれくらいの猶予があるのだろう。

あと何回、達郎とご飯を食べられるのだろう。

あと何回、一緒に休日を過ごせるのだろう。

あと何回、背中をくっつけて眠れるのだろう。

どうか達郎の恋愛が進行の遅いものであるように、別離がまだずっと先であるようにと未練たらしく願っていたこの夜、まさか達郎が正反対の思いを胸にアパートで私を待っていたなんて、このときはまだ知る由もなかったのだ。

「話がある」

大江戸線の開通したおかげで六本木からは思ったほど時間がかからず、朝霞のアパートへ着いたのは十時をまわったあたりだった。窓辺で涼みながら本を読んでいた達郎は、珍しく缶ビールも焼酎《しょうちゅう》も口にしておらず、私の顔を見るなり三歩くらい進んでローテーブルの前に移動した。

「話？　なあに。あ、達郎、夕ご飯なに食べた？」

「冷蔵庫にあったハム。あと、卵があったから飯にかけて食った」

「またそんなものばっかり」

「あんた酔ってる？」

「ううん。ビールだけだし、もう醒《さ》めた」

「じゃ、ちょっとまじめに聞いてほしいんだけど」

「はい、はい」

「今週の日曜日、海、行けなくなった」

「え」

「海に行けなくなった」

顔を洗いに行こうとしていた私は、髪をまとめたバンダナをほどいて達郎の向かいに膝《ひざ》を下ろした。

「どうして？　私、すごく楽しみにしてたんだけど」

「ごめん」

「どうして？」

「野々に隠してたことがある」

「……あ、でも誰にでもそういうのってあるよね」

第六感にびびっと来た。というよりも、ついさっき美紀さんから例の話を聞いたばかりなので、さすがに察しがついた。

「いいよいいよ、そのまま隠してていいよ」

「そういうわけにもいかないし」

「いいってば。私、やっぱ顔洗ってくるわ」

「待って。三分だけ聞いて」

「……」

「ときどき会ってた子がいて、正式につきあってほしいって言われてる」

「……」

「俺も、そっちに気持ちが動いてる」

一目散に逃げていく足跡みたいな心臓の鼓動が、滑稽《こっけい》なほど激しく、せわしなく高鳴り、私は頭で考えるよりも先に体でこの危機を受けとめていた。

「それは……」

そしてやはり頭で考えるよりも先に口が動いていた。

「それは、やっぱり、私のセックスがダメだから？」

「なにがやっぱり、だよ」

達郎ががっくりと頭を垂れる。

「頼むからやめてくれ。そういうの気にすんなっていつも言ってるじゃん。まったく全然そういう次元の問題じゃないんだから」

「じゃあ、どういう次元？」

「あんたのことが好きだった。それは確かだし、今でも好きだ。でも、あんたといると、なんか不安になるんだよ」

「不安？」

「あんた将来のこととかまじめに考えたことないだろ。結婚とか、就職とか、子育てとか、老後とか、墓とか、まったく考えたことないだろ。けどいつまでもさ、そんなふうにふわふわ生きてけるわけじゃないし、いや、あんたにはできるかもしんないけど、俺にはできないから」

話しているうちに高ぶってきたのか、達郎は珍しく語気を荒くした。

「大体あんた、俺のどこが良くて一緒にいるのかわかんないんだよな。家賃割り勘で暮らせる男だったら誰でもいいんじゃないのって気もするし。俺がいなくなったってまたすぐに別の男の部屋に転がりこめばいいとか思ってるとこないか？」

図星だろ、という目で私を射る。

しかし、微妙に違うのだ。またすぐに、なんて私は一度だって思ったことはなかった。別れがこんなにも唐突なものだなんて今の今まで知らなかった。毎日少しずつあきらめて、小さいことからこつこつと心の整理をつけて、痛くない痛くないと言いきかせながら注射を受けるみたいに、つらくないつらくないと言いきかせながら彼を失っていく。別れにとって大切なのはその過程ではないか。だって、つまるところは皆同じさようならなのだから。

そんな人の気も知らずに、ぽっと別れ話なんて持ちだした上、勝手に逆ギレをしている達郎の無神経さはさすがに腹にすえかねた。

「つまり、私が一緒じゃ安定した生活を送れないってことだよね。達郎らしい」

「らしいって、なんだよ」

「達郎はいつもここじゃないどこかへ行くためにお金を貯めてるとか言うけど、どこかなんてどこにもなくて、そのうちマンションとか買う頭金にでもするんだろうなって思ってた。今時、ベルマークを集めてるのなんてPTAの会長と達郎くらいだろうし、達郎のお財布はスタンプカードでいっぱいだし、年金改革の記事とかもしょっちゅうスクラップしてるし、この人は絶対、老後に困ることはなさそうだなって」

「悪いかよ」

「悪いなんて言ってない。達郎のそういうとこ、いやだなんて一度も思ったことなかった。でも、達郎は私のことがいやだったんだよね」

達郎は聞こえよがしな息をつき、再び深々と頭を垂れた。

「どっちがいいとか悪いとかじゃなくて、たぶん、違うんだ。確かに気は合うよ。一緒にいると安らぐし、楽しい。でも、人生に対する考え方があまりにも合わないっていうのかさ。だから、今のうちに別れたほうがいいのかもしれないって……」

「わかった。なんかバカみたいだけど、達郎がそう思うならしょうがないよね。次に住むところ見つけたら出ていくから、ちょっと時間ちょうだい」

「それは全然構わないけど、バカみたいってどういうこと?」

「だって、人生に対する考え方の違いから別れるなんて、バカみたいじゃない。それならセックスがダメだとか、食の好みが合わないとか、観たいテレビが違いすぎるとか、足が臭いとか、そんな理由のほうがよっぽど納得できる。でも、達郎は人生のほうが大事なんだよね」

「当たり前じゃねえか。あんた言ってることおかしいよ。じゃあ何か、あんたにとって人生は、セックスやメシやテレビや足の臭い以下つうことか？」

まさしく売り言葉に買い言葉だ。不毛を悟った私が口をつぐむと、達郎はまるで勝ち狼煙《のろし》でも上げるように言った。

「つまり、そういうところだよ。あんたのそういう人生に対するなめきった姿勢つうか、全然本気出してなさそうなところがいらつくんだよ」

「本気出すってどういうこと？　お墓のこととか考えること？　よくわからない。私はいつでも本気だし、人生をなめてなんかないよ。ただ就職とか、結婚とかに縛られるのは怖いだけで……。二十歳までさんざん父親に縛られて生きてきたんだから、しょうがないじゃない。修道院みたいな家から自由になってまだ五年目なんだから、ちょっとくらい羽目を外したっていいじゃない」

思わず迸《ほとばし》った父への恨み言に、自分でもハッとした。

達郎は急に醒めた目をして言った。

「また父親の話かよ。あんたはそうやってなんでもかんでも親父のせいにしてるんだ。そうやって一生、被害者面して生きてくつもりかよ」

「そんな、被害者面だなんて……」

「してるよ、実際。あんた父親のことはどうでもいいとか、自由になったとか言ってるけど、どっか根っこのところで引きずっててさ、なんかあるとすぐに父親のこと持ちだして、悪いけどそれがうざったくてしょうがねえんだよ。もしかしたら逆にすげえファザコンなんじゃないかって、だから若造相手じゃ燃えないんじゃねえかって……」

「達郎」

「……ごめん」

「私、やっぱり顔、洗ってくる」

私はバンダナを巻き直し、洗面所へ急いだ。クレンジングオイルを顔に塗りたくり、じゃぼじゃぼと水を流して、やけになって洗った。洗っても、洗っても、心に粘りつくどろどろしたものは洗い流せなかった。

ショックだったのは、達郎に言われたことだけではなく、私自身が自分の心根に気付いてしまったことだ。

私はまだ父に囚《とら》われている。

もはやこの世にいない父に縛られ続けている——。

逃げても逃げても、お姉ちゃんはきっとお父さんから逃げきれない。妹の一声がこのときとばかりに脳裏によみがえる。そう、たぶんあの子の言うとおりなのだろうと、認めたくなかったそれをようやく認めたとたん、積年のしこりが急に確かな存在感をもって胸を締めつけ、私は迸る水の前から動けなくなった。

私は兄と同様、自分のダメさ加減を父のせいにしてきた。

妹と同様、父に輝かしい青春をだいなしにされたと恨んでいた。

そして――。

これ以上、目を逸《そ》らしてはいかれない。洗面所の棚にあるジェルのボトルを前に、私は自分のもっとも痛いところをもはや見つめないわけにはいかなかった。私は、自分の女としての欠落さえも、心のどこかで父のせいにしてきたのだ、と。

幼稚園の頃、クラスメイトの男の子と手を繋《つな》いだだけでふしだらと叱られた。小学校の六年間、男の子からかかってきた連絡網の電話は根こそぎ父にブロックされた。私立の女子中学へ移って最初の年、新卒の若い男性教師が私の担任になったのを知った父は、娘をベテラン女性教師のクラスに替えてもらえないかと直談判《じかだんぱん》をして学校側をわずらわせた。

私はそんな鉄のガードをある意味、滑稽《こっけい》ですらあると冷ややかに眺めていたけれど、それでも知らず知らず心の奥底には父の偏執が植えつけられていったのかもしれない。

初めての恋にも、初めてのデートにも、初めてのキスにも罪の意識がつきまとった。してはならないこと、禁じられていることをしている後ろめたさが。

ましてや、初めての夜なんて。

セックスを苦手とする女性の多くは性的行為に対する罪の意識を抱えている。そんな記事を数年前、とある女性誌で目にしたときから、私は心の底でひそかに「もしも」を募らせてきたのだ。

もしも父があれほど気狂いじみた子育てをしなければ、大仰な貞操観念で私をがんじがらめにしなければ、私はもっと健やかな性生活を送れていたかもしれない。

もっと普通に、もっと快適に、もっと安らかに男たちと交われたかもしれない。

身を粉にして働く必要もなく、ぼんやりと天井を眺めていればよかったのかもしれない。相手が果てたあと、慌ててジェルを洗い流しに行くこともなく、腕枕の上で優雅に寝息を立てていられたかもしれない。

そして何よりも、私をどうにかして悶《もだ》えさせようと試行錯誤する男たちを失望させることもなかった。出会いと別れを性懲りもなくくりかえすこともなかった。人生はすばらしい、少なくともセックスやご飯やテレビや足の臭いよりはずっと、と高らかに宣言し、達郎と握手を交わすこともできた。

何もかも、それさえ父に奪われなければ――。

私はタオルで顔をごしごしとこすり、洗面台の鏡に自分の被害者面を映す。達郎の言うとおり、私はこうして何もかも父のせいにしてきたのだろう。そしてまたこれからも、事あるごとに父にすべてをなすりつけていくのだろうか。

ぞっとした。変に焦って洗面所のライトを消し、鏡の自分から逃げだすようにダイニングキッチンへ戻る。

私を迎えた達郎の顔には「言いすぎたことを悔やんでいます」とはっきり書かれていたけれど、口を開くと彼は違うことを言った。

「あんたさ、やっぱり佐渡に行ってきたらどうだ？」

「佐渡？」

「行って、いろいろけりをつけておいでよ」

知る人もいない父の故郷を訪ねて、一体、何にどうけりがつくというのだろう。

達郎の安直さを醒《さ》めた目で眺めつつ、口を開くとやはり私も違うことを言っていた。

「そうだね。佐渡へ行こうかな」

今日はもうこれ以上言い合う気力がなかったし、雰囲気だけでも彼と寄りそって安心したかったのだ。

「だろ？　ほんとは野々も迷ってるんじゃないかって思ってたんだ。お父さんのこと、そんなに気になってるならこの際、とことん気が済むまで突きつめてみたほうがいいって。俺たちのこともさ、お互い、一緒にいすぎて見えなくなってる部分だってあるかもしんないし、たまには距離を置くのも悪くないよ。頭を冷やして考えるいい機会だと思う」

「うん、そうだね」

「環境が変われば気分も変わるし、ほら、視野だって広がるって言うしさ。俺も長いこと遠出なんてしてないから、ちょっと羨《うらや》ましいよ。俺のぶんまで楽しんできなよ」

「うん、うん。そうだね」

「佐渡は魚が美味《うま》いっていうし、米も美味いって聞いたことあるし」

「そうだねえ」

そうだね、そうだね、と私はうなずき続け、達郎も妙に力んで佐渡の話題を引っ張り、まるでそうしていれば喧嘩《けんか》でえぐりあった傷を癒《い》やせるかのように私たちはどちらも必死で、話題がとぎれるとどちらからともなく奥の部屋に布団を並べ、その夜はやはりいつものように背中を寄せ合って寝た。

二　章

佐渡へ行く。

あれよあれよとそんなことになってしまってからの数日間は、寝ても覚めても気が重く、なぜあんなことを口走ってしまったのかと後悔ばかりが頭を占めていた。ものの弾みというか、流れというか、その場その場のムードだけで生きていると、なるほど、いつかはツケがまわってくるものだと妙に納得したりもした。事実、佐渡行きはえらく高額なツケとして私の肩にのしかかっていたのだ。

なにしろ、自分が一体何をしに行くのかちっともわからない。お義理や成りゆきで足を向けるには佐渡は遠すぎるし、旅費もばかにならない。きょうだい三人で今さら旅行というのもこそばゆい感じだ。そして何よりも——恐らくは妹の言うとおり、私はその過去を辿《たど》ることによって今さら父に近づいたりはしたくないのだろう。

しかし、いったん行くと口にし、達郎をその気にさせてしまったからには、つべこべ言わずに行くしかない。

そう腹をくくって自分を盛りあげ、バイト帰りに吉祥寺のパルコで旅行用の下着を選んだり、ロンロンのブックショップで『新潟・佐渡』版のガイドブックを立ち読みしたり、百円ショップでウエットティッシュやら携帯用のマニキュア落としやらを買いこんだりしているうちに、うかつにも私はちょっとうきうきしてきたのだった。

考えてみれば、泊まりの旅行なんて何年ぶりかわからない。しかも、めざすは島だ。この日常から陸続きの地平ではなく、海によって完全に遮断された島——少なくともそこにいる三日間だけは、職を失ったことも、達郎を失おうとしていることも、遠い他人の物語みたいに思っていられそうな気がする。

とはいえ、出発前はまだすべてが目下の自分に差し迫った問題であり、島から帰宅した後のことを考えると、せめて仮の住居だけでも目星をつけておきたいと私は焦ってもいた。私が家賃を割り勘にするために同棲《どうせい》をしているのだろうという達郎の指摘は、当たりではないけれど痛いところでもあって、低収入の私にはいまだに一人で生計を立てていく余裕がない。貯金をはたけば敷金や礼金くらいはなんとか賄えても、毎月欠かさず家賃や光熱費を支払っていく自信がないのだ。

かといって、生活のためだけに新しい恋人を探そうという気にもなれなかった。当然ながら私は達郎とのことで少なからず恋愛にめげていたし、恋人との関係がこんなにも唐突に絶たれてしまうものであるならば、今後はそう軽はずみに手を出せないとひるんでもいた。第一、美人でも豊胸でもない上、女としてのハンデも抱えている自分にそれほど都合良く次の相手が現れるとも思えない。

かくなる上は、余裕がなくても、自信がなくても、やはり一人暮らしに踏みきるほかはないのだろう。佐渡から帰ったら、新しいバイト探しと並行して、できるだけ安いアパート探しを始めよう。と、そこまではなんとか覚悟を固めたものの、問題は、アパート探しから契約、引っ越しに至るまでにはかなりの日数がかかりそうなことだった。口では急ぐことはないと言ってくれる達郎も、内心では晴れて新しい恋愛に専念できる日を指折り数えているかもしれない。せめて一時的にでも身を寄せられるところを確保しておけたら……と、私は三人の女友達に電話で相談を持ちかけたのだった。

無国籍居酒屋時代のバイト仲間で、私にイベントショップの仕事を紹介してくれた結子《ゆうこ》。お中元シーズンに短期のバイトをしたデパートの商品券売場で知り合った島村《しまむら》さん。元恋人の元彼女で、しばしば一緒に飲んでいるうちに意気投合した三奈《みな》ちゃん。三人とも都内やその近郊にいる独身者で、以前、私が癇癪《かんしゃく》持ちのギタリストと暮らしていた時代に何度かかくまってもらったことがある。ここ数年で多くの友達が結婚をしたり、田舎に帰ったり、海外留学をしたりと遠のいていった結果、こんなときに当てにできる相手はいつのまにか三人きりになっていた。

しかも、その三人ですら、結果はすべて空振り。約半年ぶりに電話をした結子はいつのまにか彼氏と入籍を済ませてマンションまで買っていて、当然ながらそこには私の居場所などなく、野々もいいかげん身を固めたほうがいいよと諭されて終わった。約一年ぶりに電話をした島村さんは仕事に燃えているらしく、忙しくて忙しくて鳥に餌をやる暇もなくて死なせてしまったなどと言っているから、なんとなく怖くなって本題に移れないまま話を切りあげた。ただ一人、年に数回は会っている三奈ちゃんだけは「飲みながら話そう」と誘いだしてくれたものの、実際に飲みながら始まったのは彼女の四年越しの不倫話で、自分の年齢を考えるともう限界だ、今度こそきっぱりと清算するために実家へ帰ることにした、だから野々ちゃんも男のトラブルで友達の家に転がりこむような真似は卒業してそろそろ年相応の生活を送ったほうがいいよ、とやはりしまいには諭され、私は終電で朝霞へと帰る道すがら、これ以上ないほどしんみりとした気分で、ああ、やっぱり早く佐渡へ行きたい……と、見たこともないその島を狂おしいほどに恋しく思ったのだった。

出発の朝、空一面を覆っていた厚揚げみたいな雲のかたまりとは裏腹に、達郎から借りた旅行バッグを手にアパートを発つ私の心は晴れ晴れとしていた。

「気をつけてな。何度も言うけどさ、三日も離れるのって初めてだし、いい機会だから、お互い、これからのこととかよく考えよう」

深刻ぶった顔で私を送りだす達郎に笑顔でうなずきながら、冗談じゃない、と心の中でつぶやく。忘れたくて、逃げたくて島へ行くのだから、せめてそのあいだくらいは別れのことなど完全に頭から追いだしていたい。

別れ話を持ちだされたあの日以降、私と達郎の関係は表面的には落ちついていた。達郎はむしろ以前よりも優しくなって、バイトも入れずに六時には家に帰ってきたり、一緒に野球観戦をしながらも私のグラスが空くとすぐに焼酎《しょうちゅう》を注いでくれたり、台所のゴミ袋も率先して換えてくれたりして、私にはその優しさがやはり嬉《うれ》しくて、嬉しいぶんだけ残酷だなあと思う。夜、ぴったりと背中を張りつけても「暑苦しい」と言わない彼の紳士な態度に、却《かえ》って心が薄ら寒くなる。どうかこのしんどさから三日間だけでも私を解放してほしい。

アパートを出てから本州を離れるまでは、実際、解放感に満ちていた。

六時半に朝霞を発ち、東京駅で合流した二人とともに八時五分発の新幹線へ。音もなく走りだした新幹線の車窓から遠ざかっていく東京を眺め、慣れ親しんだ生活圏を離れることにほっとしている自分がいた。こんなことなら別れたほうがいいと思う恋人と、実際に別れたときの清々《すがすが》しさに似ているかもしれない。もうがんばらなくていい。彼が笑ってくれなくても、求めてくれなくても、別れてしまえば何も思いわずらうことはない。そんな安堵《あんど》感。

実家を離れてからの五年間、私は東京やその周辺の町で自分の新しい生活を開拓するのに必死だった。ようやく手にした自由を一寸たりとも無駄にはしたくなかった。すべてを自分で選べるのなら、楽しいこと、明るいことだけを選んで、いつも浮かれていたかった。この世界をむさぼり、丸ごと受けいれて、愛していようと思った。

でも、愛しても、愛しても、私自身はこの世界から愛されていないような、そんな気が心のどこかでいつもしていた。

受けいれても、受けいれても、私自身は受けいれられていない気がしていた。それは父のせいなのか、自分自身のせいなのか、もしかしたらヤスの暗い血のせいなのか――。

とりとめのない思いを巡らせながら、私はまるで何か大きなものに失恋でもしたような気分で、高速で彼方へ去っていく東京の街並みをいつまでも見つめていたのだった。

「へえ、ジェットフォイルだと一時間で佐渡まで行けんだな」

「ねえ、でもフェリーのほうが全然安いよ。半額以下」

「お姉ちゃん、せこい。十一時のジェットフォイルに乗って十二時に両津《りょうつ》に着くって、もう知らせてあるんだから」

「なんでフェリーにしなかったの?」

「フェリーだと二時間半もかかるから。二泊三日しかないんだからさ、時間は有効に使わないと」

新潟駅からバスで港の佐渡汽船のりばへ向かい、往復で一万いくらもするジェットフォイルに乗りこんだ。ぎんが号、と名前だけは古風なその客船は、水面から一・五メートルも浮上して海上を走るという画期的な乗り物で、時速は約八十キロ。乗客は安全のためにシートベルトを着用する。デッキへ出ることも、潮風を浴びることも叶《かな》わないまま、私たちは静かに、速やかに島へと運ばれていく。

潮に曇った開閉不能の窓からは、波のない、傾《かし》いだ大地のような海が見渡せた。その海と鉛色の空を分かつ線上に浮かんだ島影は、船が進むにつれてぐんぐんと、それはもう身も蓋《ふた》もないほどのスピードで大きくなっていく。やがてそこに人煙らしきものの影、工場らしきものの影がちらつきはじめると、解放感に満ちていたはずの私はなぜだか急に得体の知れない息苦しさに襲われた。

少し前まではただの無機質なかたまりにすぎなかったものが、そこに宿る命を徐々に主張し、自意識をむきだし、個性を露《あら》わにしていく。押しよせてくるその生々しさへの畏怖《いふ》、あるいは鬱陶《うっとう》しさ。

東京を離れたい。その一心でここまで来たものの、私を待っているのは南の楽園ではなく、あの父の故郷なのだ。父が忘れようとしていた忌まわしい過去の眠る土地なのだ。港で荷出しの作業にいそしむ人々の淡い影を遠目に、私はそのごく当然の事実に今さらながら思い至ったのだった。

「ねえ、お父さんのお姉さんって、どんな感じだと思う?」

にわかに胸がざわめき、妹に尋ねた。

「お姉ちゃん、ほんとに人の話を聞いてないよね。もう何回も言ってるじゃない。仁科凪《にしななぎ》さんって言ってね、相川にある仁科館って旅館の若旦那《わかだんな》と結婚して、今は女将《おかみ》をやってるんだって。子供は二人。一人は上京中。旅館はじり貧で、だから私たちの部屋も余裕で用意できるって」

その程度のことは私も憶《おぼ》えていた。親戚《しんせき》とはいえ、これまで交流のなかった相手なのだから、宿代はいらないと言われても半額は払うべきだ、いや全額を払うべきだ、そんなことをしたら却って好意を無にすることになる……などと新幹線の中でひと揉《も》めしたばかりだ。

「そうじゃなくって、その伯母《おば》さんは私たちのこと、本当のところどう思ってるのかなって話」

「どうって？」

「お父さんが中学生のときに離ればなれになったっていうと、その伯母さん、もう四十年近くお父さんに会ってなかったんだよね。そんな、もう忘れたような弟の子供が突然会いに来て、どんな気がするかなって」

「電話では歓迎してくれたよ。ていうか、電話をしたこと自体、すごく喜んでくれた。多喜さんも言ってたけど、私たちのこと、心配してくれてたみたいで」

「いつかお金借りに来るんじゃないかとか、そういう心配じゃないのかな」

「なんかお姉ちゃん、ネガティブモードに入ってるよねえ。そんなしんきくさい顔してないでさ、ほら、この一面の青海原を見てごらんよ。お姉ちゃん、海に来たかったんでしょう」

本来だったらこの週末、恋人と海にいるはずだった私がここにいるわけを妹は訊《き》かない。私は気のない目線を海へ投げ、ほうっと吐息をはきだした。

「佐渡の海に愛はあるのかなあ」

「あっても、それはほかの誰かのもんだろうな」

妹のとなりで居眠りをしているものと思っていた兄がつぶやいた。

わずか一時間の航海などは瞬く間のものだった。一人、また一人と乗客たちが雑誌や菓子などを鞄《かばん》にしまいはじめる中、ジェットフォイルは大きく迂回《うかい》をして間もなく着岸し、エンジンを停止。一・五メートルの浮力を失ったとたん、海上にいたことを思い出したかのように船体が揺れだした。私はもはや後戻りのきかないことを確認するが如く、窓の外にもう一度、物憂い瞳《ひとみ》を馳《は》せる。

島はもう見る影もなかった。

窓の向こうに広がるのはただの陸だった。

出口へと押しよせる人の波に勢いを借りて、私たち三人は足下をふらつかせながら船を下り、生涯踏むことはないと思っていたその陸を踏みしめた。


結論からいうと、佐渡にも愛は存在した。

ひどく屈折した、扱いの難しい愛が。

汽船おりばの改札口で私たちを出迎えてくれた伯母の凪さんは、恰幅《かっぷく》の良い体の陰に忍ばせるようにして、金髪に近い茶色に髪を染めた痩《や》せぎすの女の子を連れていたのだ。

「うちの娘で、愛《あい》っていうの。愛想なしの娘だけど、どうぞよろしく。上の子が上京して寂しくしとるから、仲良くしてやってな」

私たちと凪さんがぎこちない挨拶《あいさつ》を交わしているあいだ中、つるつるした頰にそばかすを散らした愛は大きな黒目でにらむようにこちらを見すえていた。若さ故の艶《つや》めきはあるものの、確かに愛想の乏しい子だ。こんにちは、と声をかけてもにこりともしない。

「愛ちゃん、いくつ？」

珍しく妹が自分から尋ねると、口を開けるのもかったるそうに「十五」と低く返した。

「じゃあ、中三？　受験生かあ。大変だね」

「え」

「全然」

「身の丈に合ったとこに入ればいいわけよ」

仏頂面で言い放つ。啞然《あぜん》としている妹を尻目《しりめ》に、愛はもう無駄話はこりごりだというふうに先頭に立って歩きだした。

「愛、待てっちゃ。まったくおめは、なんでそんな言い方するのんや。せっかく東京から来てくれとんのに……。おめも楽しみにしとったねかさ、いとこに会えるって」

「してないっ」

愛に一喝された凪さんは苦笑いを浮かべて肩をすくめ、私たちも声に出さずに笑い返した。父とさほど年の変わらないお姉さんだけあって、間近で向かい合うと、やはりどことなく顔立ちが似ている。薄い眉《まゆ》。ふっくらとした目元。張りだした頰骨。おおらかそうな全体の印象は父とは正反対のため、改札口で手を振られたときにはぴんとこなかった。

「とりあえず、うちん宿で一息つきましょ」

私たちは愛のあとを追って港の駐車場へ到着し、仁科館、という旅館名の入った白いバンに乗りこんだ。

相川の町までは約一時間。車が走りだして間もなく、運転席の凪さんはどきっとすることを口にした。

「大海ちゃん、死んでしもたのよねえ」

いつかはそこに触れねばならない。ならば早いうちに済ませてしまおう。そんな口ぶりだった。が、私をどきっとさせたのはそこではなく、彼女がごく自然に発した「大海ちゃん」という響きだった。

熱海の海よりも渋い藍《あい》色をした日本海を眺めても、磯臭さの鼻につかないさらりとした潮風を頰に受けても、両津の街並みを行き交う人々ののどかな営みを車窓から垣間見《かいまみ》ても、拍子抜けをするほど何の感慨も湧かなかった私の胸に、そのとき初めて、ここは父の故郷なのだという実感がこみあげたのだ。あの父にも子供の頃があり、家族がいて、ちゃんづけで呼ばれていた時代があったのだ、と。

「突然の事故でした。おふくろと花が真っ先に病院へ駆けつけたけど、そのときはもうかろうじて息があるだけで、意識はなかったそうです。葬式は家族だけでやりました。何かあったら大袈裟《おおげさ》なことはしないで静かに見送ってほしいって、生前、父が母に言付けてたそうなんで」

兄は最低限、凪さんに伝えるべきことをまとめてきたのだろう。説明下手にしてはいつになくなめらかなしゃべりをした。

「お姉さんがいるって知ってたら、もちろん、なんとしても連絡したと思います。でも、情けないけど俺たち、親父の家族のこと、本当に何も知らなかったもんで……」

「大海ちゃんはあの家も、この島も、えらいいやがっとったもんなあ」

凪さんも事情は察していたようだ。

「でも、いつかは帰ってくるもんだと私は思うとった。もっとあの子が年を取ったら、五十とか、六十とか、ゆっくり年を重ねてけば、いつかは故郷が恋しいなる。きっと私にも会いに来てくれるって信じとったもんだから、多喜さんとこのワカちゃんからあの子が死んだぁ聞かされたときは、気が抜けてしもうてなあ。けど、こうしてあんたたちだけでも訪ねてきてくれて、なんだか大海ちゃんの代わりに帰ってきてくれたみてえで、本当に嬉《うれ》しいんだわ」

淡々と対面を果たしはしたものの、胸の内には高ぶるものもあったのか、相川までの道すがら、凪さんは矢継ぎ早に私たちへの質問を投げかけた。今、何をやっているのか。どこに住んで、どんな生活を送っているのか。父親を亡くして困ってはいないか。お母さんの体調は大丈夫なのか。今回ばかりは母に隠しておくわけにもいかず、父の親戚に会いに行くと事前に告げてあったものの、彼女はその理由を訊かないどころかまるで関心を向けるそぶりもなく、佐渡への同行もかたくなに拒みとおしたため、凪さんには体調不良で来られそうにないと伝えてあったのだ。

兄と私が長らく父と絶縁関係にあったことを除いて、私たちは極力、正直に受け答えをした。途中、私が石材店に勤めているとの誤解が生じてややこしいことになったり、妙齢のきょうだいがまだ三人とも未婚である理由をうまく伝えられなかったり、多少の齟齬《そご》はあったものの、凪さんはそのたびに「都会の人は違う」と自分に言い聞かせていたようだ。助手席の愛は終始つまらなそうに窓の外を眺めたり、携帯メールをチェックしたりしていた。

相川の町が近づくにつれて私たちの口数が減ったのは、凪さんとの会話に疲れたためではなく、早起きのツケが一気に襲ってきたせいだろう。もっと話を……と思いながらも私はずず、ずず、とずりさがるように肩を落としてまどろみ、途中、ぴくんと瞼《まぶた》を持ちあげると車窓からは賑《にぎ》やいだ町が見え、二度目にぴくんとしたときには寂々とした海が見え、三度目には薄暗いコンクリートの肌が見えた。旅館の車庫に到着していたのだ。

「古いだけの旅館で、なんもねえけど、ゆっくりしていけっちゃ」

流行《はや》っていないと聞いていただけに期待はしていなかったものの、確かに今ひとつ見映えのしない旅館だった。

ごく平凡なコンクリートの三階建て。表通りに面した正面玄関は民家のそれよりも多少間口が広い程度で、仁科館、とものものしい毛筆体で書かれた看板がなければ見過ごしてしまいそうだ。この界隈《かいわい》では老舗《しにせ》の部類に入るというから、かつて流行っていた頃にはそれなりの趣もあったのだろうが、二十年前の改装によって中途半端なモダン化を遂げてしまったらしい。

「来る途中、海沿いにいっぺえ温泉旅館があったでしょ。ここ数年でめっきり増えたの。お客さんみぃんな持っていかれて、うちんとこみたいな町ん中の宿は上がったりよ。この辺は道がせんめえから観光バスが入れん、それじゃ団体客も入らん、いいことねえでなあ。ここ数年でばたばた潰《つぶ》れて、うちんとこも時間の問題よ。宿が潰れれば町ももっとさびれる。共倒れだわあ」

凪さんの言葉通り、町の中心地にありながらも仁科館の周辺は閑散としていて、観光客どころか住人の影さえ目につかない。乗用車一台の通りぬけがやっとの通りには、乾物中心の食料品店や雑貨屋、時計屋などのこぢんまりとした商店が、静かな余生を邪魔してくれるなとでもいう風にひっそりと軒を連ねている。元来、金山の開発によって栄えた町だけに、金銀が尽きれば人も活気も尽きる運命にあったのだろう。

その運命に抗《あらが》うように今も町中に留《とど》まる仁科館の玄関をくぐると、藍色のじんべえを羽織った凪さんの旦那《だんな》さんが私たちを迎えてくれた。

「遠いところをようく来てくれました。自分んちだと思うて、くつろいでってください」

創業百二十年を目前に潰《つい》えかかった旅館の七代目。うまくしたもので、この人ならば家業を絶やされようと祖先も怒るに怒れないような、いかにも人の良さそうなえびす顔をしている。妹が土産に持参した揚げまんじゅうを手渡すと、甘いもんには目がないんですと包みの上から鼻を寄せ、恍惚《こうこつ》の表情でくんくん匂いを嗅《か》いでいた。

「すぐに昼飯を用意するんで、部屋で休んどってください」

旅館の一階は家族用のスペースになっているらしく、私たちは二階の南端にある山椒《さんしょう》の間に案内された。ごく一般的な和室で、壁や天井の染みには年輪がうかがえるものの、床の間に飾られたシャクナゲの花は摘みたてのように瑞々《みずみず》しい。大家族向けの部屋というだけあって広く、襖《ふすま》で真ん中から仕切れるようになっている。逆に広すぎて冷房の効きが弱く蒸しっぽいため、障子を寄せて窓を開くと、裏山の急斜面に敷かれた石階段をすこぶる健脚の老婆が猛スピードで上っていくのが見えた。

「今日は二組のお客さんが来るから、うちでは忙しいほうで、あんまりおかまいできんですみません。明日は一組も予約がないんで、期待しとってな。とっておきの魚介を仕入れて、腕をふるいます」

荷物を置いて一息ついた私たちは、どうやら板さんも兼ねているらしい七代目の作ってくれたちらし寿司《ずし》をご馳走になった。

「佐渡はどうですか」

「いいところですねえ。なんて、まだ着いたばかりだけど」

「三日もあればたっぷり見てまわれる。今はアジやサザエの美味《うま》い時期なんで、いっぺえ食べていきなさい」

「あ、俺、サザエさん大好きです」

「それは良かった。こっちは海の水も澄んどるし、泳いでも気持ちええですよ」

腹が満ちると自然と心も弛緩《しかん》し、舌もなめらかになる。皆で足を崩して話をしているうちに、初対面の緊張もほぐれて場も和み、私は「水着と日焼けどめを持ってくれば良かったー」などとおどけて皆を笑わせながら、一方、心のどこかで「何かが違う」と感じてもいた。

ここは、父の故郷。父の忌まわしい過去が眠る因縁の島。成りゆきとはいえ、それなりの心づもりをしてようやくその地を踏んだのに、このぬくぬくとした平和なムードはどうしたものだろうか。

妹も途中から自分たちが和みすぎていることに気付いたのか、ゆるんでいた表情を引きしめ、かつて海釣りで巨大な蛸《たこ》を釣りあげた話などを得々と語る兄に自重をうながす目を向けた。

そんな私たちの気も知らず、食事を終えると凪さんは言った。

「じゃ、そろそろ行くか」

「え、どこに？」

「東京からわざわざ来てくれたんだし、あそこにも、あそこにも連れていかねばって、主人と計画を練っとったのんよ。今日は初日だし、まずは相川の見所をまわって、それからオオノガメまで行ってしまうか。晴れてきたから、オオノガメを登ったら気持ちいいわや。私は腰が悪いて登れんから、愛に案内させるわ」

「ええっと、あの」。これにはさすがの兄もまごついた。「お気持ちはありがたいんですけど、そこまでお気遣いいただかなくても、俺たち自分で……」

「そう言わんで、お願い。愛はここんとこ部屋に閉じこもってばかりなんで、たまには外に引っ張りだしてえの。生意気な子だけど、どうか仲良くしてやってちょうだい」

「私からも頼みます」。すがるような目をした凪さんのとなりで、七代目もにわかに声を力ませる。「愛は遅くに生まれた子なもんで、私も家内も甘やかせてしもうて、すっかり利かん子になってしもうて……恥ずかしい話です。おまけに去年、兄貴が東京の大学へ行ってしもうてからは、ろくに話もせんなった。お兄ちゃん子だったもんで、よっぽどこたえとるんだろうが」

「東京にいとこのお兄さんやお姉さんがおるって知ってから、ほんとはあの子、興味津々で待っとったのんよ。あんた方にならあ愛も心を開くかもしれんって、私たちも期待しとるの。どうかくれぐれもお願いします」

そろって泣きつかれ、私が助けを求めるように妹のほうを見ると、妹は兄に助けを求めているところで、どこまでもお調子者の兄は引きつった笑顔で「任せてください」などと口走りながらも、その目は笑っていなかった。

やっぱり、何かが違う……。

違う、違うと思いながらもその午後、私たちは西へ、東へと、その違いについて異議申し立てをする隙もないほどに忙しく観光にいそしむはめになったのだった。

そもそも私は観光というものがそれほど好きではない。名所や景勝を見て回るよりも、未練がましいようだが、海辺のパラソルの下でビールを飲んでいるほうがよほど幸せな気分になれる。積年の歴史を物語る建造物を前にしていても、鼻先を吹きぬける一瞬の風や、その場限りの陽射しのほうにいつしか気を取られている。空を仰ぐ余裕もない駆け足のツアーは大の苦手で、まして同行するのが息の合わない兄と妹、初対面を果たしたばかりの伯母《おば》、そして思春期の無愛想ないとこ、とくると、楽しい時間を期待するほうがお門違いというものだった。

実際、それはつらく苦しい午後だった。江戸時代の採掘現場を再現した佐渡金山の坑道跡。その金山を管理していた佐渡奉行所跡。石階段や坂道の多い旧市街。地元の人々から絶大な人気を誇るというなんとか神社。休む間もない物見遊山はまるで市中引き回しの刑か何かのようにも思えたけれど、これが凪さんの善意であるのがわかっているだけに、罪人のように陰鬱《いんうつ》な顔をしているわけにもいかない。

「相川は、金山が見つかるまでは本当に小さな村だったらしいのんよ。それが、金山で栄えて奉行所ができて、商人だの職人だのがいろんな里からこぞって集まってきた。今も相川じゃ古今東西の名字があるし、言葉も佐渡弁とは違うて、関西の訛《なま》りに近いのんよ」

「与謝野鉄幹《よさのてっかん》は相川びいきだったらしいてね、三度も町に来とるの。私は鉄幹が相川の長坂を歩きながら詠んだって歌が好きでさ、ときどき長坂を歩きながら諳《そら》んじるんよ」

「佐渡にはキッネが一匹もおらんの。それはトンチボが……ムジナのことをこっちじゃトンチボって言うんだけど、トンチボがキッネから島を守ってくれたからだって言い伝えがあってな、そのトンチボを祀《まつ》っとるのがさっきの神社。でもトンチボってそそっかしい動物なんだかなあ、この島じゃ年中、車に轢《ひ》かれたトンチボの死骸《しがい》を見かけるわ。あれは気持ち悪いんもんだ」

凪さんと過ごした数時間で一つだけ明らかになったのは、彼女が父のようにこの島に背を向けてはいないことだった。むしろ言葉のはしばしに屈折のない愛郷心が滲《にじ》んでいる。同じ男を親に持ち、同じ苦労をして育っても、誰もが故郷嫌いになるとは限らない。凪さんはヤスを、そして島人たちの白い目をいつ、どのように克服したのだろう。とりとめもなく思いを巡らせているうちに、ようやく町中の観光が終了し、私たちを乗せた車は本日最後の観光スポットへむけて海沿いの道を走りだした。

走っても、走っても、なかなか辿《たど》りつく気配がない。小一時間が経過し、ようやく車が停まったときにはすでに陽が傾き、翳《かげ》りを帯びた空と海の狭間《はざま》に薄い紅色が潤んでいた。その仄《ほの》かな光の帯を遮るようにして、綺麗《きれい》な三角形のシルエットがこんもりと立ちはだかっている。

「大きな野の亀って書いて、大野亀。どっしりとして、高々として、立派な山だろ。あれは海から突きだした一枚岸壁なんよ」

車を駐車場に残し、私たちはゆっくりとその麓《ふもと》へ向かっていった。岸壁とはいえ、山の表面には青々と草が生い茂り、それは高みへ近づくにつれて色濃くなっていくようにも見える。頂まで続く小道には下山者たちの影があり、こんな急勾配《こうばい》の山に登る物好きもいるのだなあと感心していたところ、傾斜の始まる麓に立つなり凪さんが言った。

「じゃ、私は車で待っとるから、四人で行ってこいっちゃ」

「はい?」

「たけえ見えるけど、二、三十分もあれば登れるし、大丈夫。愛、先頭に立って足場を固めてやれさ」

「あ、待って」

きょうだい三人、珍しく声を合わせて抵抗を試みた。が、愛は待たずに慣れた足取りで小道を突き進み、その背中はみるみる小さくなっていく。そのまま一人で行かせるわけにもいかず、やむなく私たちもあとに続いた。

一枚岸壁というだけあって、山肌は硬く、足をかけるのも一苦労だった。気を抜けばどこまでも転がり落ちそうな急斜面を慎重に進んでいく。幾度仰いでも山頂は遠く、まるで底なし沼の底でもさまよっているような徒労感がつきまとう。さっきまでは涼しくも感じられた夕風が、粘りつくような湿気を帯びて肌に張りつき、不快な汗を滲ませる。

ヒールつきのパンプスが敗因かもしれない。気がつくと私は三人から後れをとっていた。徐々に遠ざかる皆の影がカーブの向こうへ消え、崖《がけ》のような斜面に一人きり残されたとたん、眼下から轟《とどろ》く波の音がにわかに存在感を増した。

足を止め、そっと覗《のぞ》いて、いつのまにか遥か下方へと遠のいていた海を見下ろした。澄んだ海水は空の薄闇を反映してますます深い藍《あい》色に染まり、突きだした岩や弓状の入江には白い波頭が砕けている。大きく息を吸いこむと、草や土、潮の匂いの入り交じった風が渇いた喉《のど》に心地《ここち》良い。ちょっとだけ、と安定感のある岩肌に腰かけて一息ついたとたん、その体勢がすっかり気に入って、てこでも動きたくなくなった。

こんな景色を、できるならば達郎と見たかった。いちゃいちゃ腕を絡ませたり、べたべた肩を組んだりしながら、自然っていいねえ、なんて惚《ほう》けたことを言ってのけたかった。

達郎のことは考えないようにしていたのを早くも失念し、遠い水平線を恨めしく眺めていると、やがて頭上からしゃっ、しゃっ、と砂を削るような足音が聞こえ、見上げると、不思議そうな目をした愛がいた。

「どうしたの」

座りこんでいる私を前にして、とっさに声が洩《も》れたらしい。愛はすぐにしまった、自分から話しかけてしまった、とばかりに忌々《いまいま》しげな顔をした。

「休んでるだけ。私のことは気にしないで、置いていっていいよ」

「ていうか、私、もう天辺《てっぺん》まで行って帰ってきたんだけど」

私は首を持ちあげ、またもとへ戻した。

「天辺って、どの辺？」

「一番上の辺」

「それは知ってる。あとどれくらいか訊《き》いてるんだけど」

「私の足なら五分」

「私の足なら？」

「さあ。自分で確かめれば」

「じゃ、確かめてこようかな」

いちいち憎らしい言い方をする小娘から逃れるために腰を浮かすと、逃すまいとばかりに愛の声が追ってきた。

「何で来たの」

「え」

「この島に、何で急に来たりしたの」

「何でって言われても……」

「お母さんたちに何か頼まれたんじゃないの？　私の心を開こうとか、うざいこと考えてるならやめてね、そういう余計なお世話は」

「え」

私は決して人と目を合わせようとしない彼女の顔にまじまじと見入った。世界は自分を中心に回っていると信じて疑わない十代の顔。

「私たち、自分のために来ただけよ」。苦い笑いとともに返した。「自分たちのことしか考えてないから、安心して」

「なにそれ、どういう意味？」

「人にはいろいろ事情があるってこと」

「ごまかそうとしてる」

「してない、してない」

「子供扱いしてるでしょ」

「だってあなた、子供じゃない」

無下に言い捨て、砂まみれのパンプスで再び歩きだすと、いよいよ腹にすえかねたように愛が叫んだ。

「お母さんは、叔父《おじ》さんのことなんて憶《おぼ》えちゃいないのよ。弟ったって、とくに仲が良かったわけでもないし、高校の頃に別れたきりだし、たいした思い出も残ってないって、困ってた。だからこうしてあっちこっち連れまわして、ごまかしてるんじゃないの」

私は愛を振りむいて言った。

「ごまかしてるんじゃなくて、気遣ってくれてるんじゃないの」

「え」

「その程度の機微もわからないから、まだ子供だって言ってるの」

山頂が迫ってくるにつれ、勾配はますます険しさを増して、その先はなかば這《は》うように進んだ。眼下の海はますます遠く、駐車場にちらつく人影も今では三ミリ大の天然石みたいだ。蠅や蜂、グロテスクな虫の姿が徐々に増え、ここはもう人間の領域ではなさそうだと樹枝を払いながら思った瞬間、ようやく頭上の視界が開け、尖《とが》った頂を見渡せた。あと少し――。

がくがくする膝《ひざ》をなだめつつ、やっとの思いで登頂する。頂には小さな墓碑があり、それを背にして兄と妹が別々の方向を眺めていた。妹は茜《あかね》色に焼けた海を。兄はスカートの襞《ひだ》のように張りだした大小の岬を。

さすがに見晴らしはいい。が、もう景色はいいや、と私は二人に呼びかけた。

「大変、大変、凪さんはお父さんのこと、ほとんど憶えてないんだって」

生意気な小娘の手前、大人の余裕を見せてはいたものの、内心では結構動揺していたのだ。

「やっぱり、か。俺もなんとなくそんなとこじゃないかって気がしてたんだよな」

衝撃を隠せない妹を横目に、兄はさして動じる様子もなく言った。

「だって普通さ、着いて早々、山登りはねえよなあ。俺たちが観光に来たもんだと思われてるなら誤解とくのが手間だなって思ってたけど、そういうことなら話は早い。忘れたもんはしょうがないし、とりあえず親父は置いといて、ヤスに的を絞ろう」

「ヤス？」

「弟のことは忘れても、さすがに親くらい憶えてんだろ。ヤスの話だけでも聞ければさ、ちょっとはここまで来た甲斐《かい》があるってもんじゃん」

「はあ」

「大体さ、別々の親戚《しんせき》んちに引きとられてからはまったく音信不通だったたってきょうだいだぜ。親父だって凪さんのこと、あんまり憶えてなかったかもしんないし、むしろ積極的に忘れようとしてた節もあったしさ。その辺はお互いさまってとこだろ」

「それはそうだ」

私が同調の相槌《あいづち》を打ったとたん、鋭い目つきで妹が振りむいた。

「何なのよ、それ。お兄ちゃんもお姉ちゃんも、あきらめが早すぎるよ。私たち、まだ一つも自分たちから働きかけてないんだよ。凪さんがお父さんのこと忘れてるなら、思い出してもらえばいいじゃない。それでもダメなら、ほかの親戚とか、知り合いとかを探せばいいじゃない。私はあきらめないよ。だってお父さんのことを知りたくて来たんだから。グランドファザコンのお兄ちゃんや傷心旅行のお姉ちゃんとはモチベーションが違うんだから」

一気にまくしたて、足下の小石をがつんと蹴《け》って、来た道を下りていく。今にも海へと吸いこまれそうに見えた小石は足下の草藪《くさやぶ》にあっけなく呑《の》まれ、立ちのぼる砂煙だけが風に流されて遠くたなびいた。

「グランドファザコン？」

「傷心旅行?」

兄と私はきょとんと顔を見合わせ、それからすごすごと妹の後を追った。

それはもう遠い昔から、妹がぎゃんぎゃんと文句を言うのはまだ心に遊びのあるときで、本気で腹を立てると、彼女は静まり返る。話しかけても必要最低限の返事しかよこさなかったり、変に丁重な言葉遣いで距離を置いたりと、陰湿な態度で圧力をかけてくる。大野亀を下りてからの彼女がまさしくそれで、仁科館へと戻る車の中、妹は私と兄にだけ通じるやり方で怒りを表明し続けた。そしてもはや私たちなど当てにはしないとばかりに、宿に着くなり自ら凪さんに持ちかけたのだった。

「あの、後でちょっとうかがいたいことがあるんですけど」

何も知らない凪さんは弾んだ声を返した。

「そうそう、私も、話があるのんよ」

これから九時すぎまでは接客に追われそうだが、一段落したらまた部屋を訪ねてくれるという。

私たちはぎくしゃくした空気を引きずったまま一階の大風呂《おおぶろ》に浸《つ》かりに行き、部屋に戻ると、仲居さんの用意してくれていた魚介中心の夕食を無言のうちにいただいた。その食器を厨房《ちゅうぼう》まで運んでいったところ、料理を終えて一息ついていた七代目に捕まり、難しい年頃の娘を持った親の悩みがまたも炸裂《さくれつ》。「今だけですよ、今だけ」「愛ちゃんなら大丈夫」などと心にもないことを言っているうちに、気がつくと九時をまわっていた。慌てて部屋へ引き返すと、そこには凪さんだけでなく、もう一人、見知らぬ人物の姿もあったのだった。

服も化粧も髪の色も、すべてが少しずつ奇抜なおばさん。真っ赤なサマーニットの左胸に金のしゃちほこの刺繍《ししゆう》を見たときから、もしやこの人は……と思ってはいたものの、やはり私たちの親戚筋だった。

「この人はな、私と大海ちゃんのいとこのフミちゃん。大海ちゃんは両親を亡くしてからの五年間、このフミちゃんとこの実家でお世話になっとったの。大海ちゃんの子供たちが来とるって言ったら、会いに来てくれたんよ」

その瞬間、妹の鼻《び》腔《こう》が微《かす》かに膨れたのを私は見逃さなかった。父のことを知る親戚に早くも出会えた興奮、そしてこの獲物を逃すまいという気迫が伝わってくる。

しかし、初対面の挨拶《あいさつ》をした私たちに、どう見ても四十代の半ばを超えている「フミちゃん」は開口一番にこう言った。

「おめたち、まだたらい舟に乗ってねえんだって」

「はい？」

「まったく、佐渡に来たら、まずはほら、オギのたらい舟だろ。大野亀なんかは、カンゾウの花が咲いとるときでねえと、一つも面白くねえ」

座卓に広げた佐渡マップに肘《ひじ》を載せ、不満げに頬杖《ほおづえ》をついて、どうにもこうにも釈然としないという風に言う。

「今日は凪《なぎ》も良かったし、絶好のたらい舟日和だったのんに」

「でもやあ、フミちゃん、今日は午後しかねえかったし、オギまで行くんなら、ついでに温泉でも浸かってこれる日がいいと思ったのんや」

「じゃあ、明日か？　明日、一番にオギへ行くか？」

「でも明日の一番は、やっぱり、朱鷺《とき》じゃねえか」

「朱鷺なんか、あんなくうれえところで鳥なんか見て、何がおもしいさあ」

「待ってください」。言い合う二人に、たまりかねた妹が割って入った。「私、明日は父の足跡を辿《たど》りたいんです」

　フミちゃんがマップから初めて目を上げた。その視線を妹のTシャツの左胸――豆鉄砲をくらった鳩の絵がプリントされたあたりでゆらゆらさせながら、怪訝《けげん》そうに問い質《ただ》す。

「足跡ってなんや？」

「何って……つまりその、育った家だとか、通った学校だとか、よく訪れた場所とか……なんでもいいんです。なんでもいいから、この島にいた頃の父を知りたいんです。そのために来たんです」

「足跡、なあ」

凪さんとフミちゃんが当惑の顔を見合わせる。

「フミさん、父と一緒に暮らしていた時期があるんですよね。だったら、何か父との思い出とかありませんか。どんなことでも、憶《おぼ》えてることがあったら教えてください」

「そう言われてもなあ。ほら、大海さんが来たとき、私なんかまだ小学生だったし、なんにも憶えてねえんだよなあ。大海さんも大海さんで難しい年頃だったし、なんせえ無口な人だったもんでさ、何を考えとんだかちっともわからんで」

「そうやあ、大海ちゃんはおとなしくって、何か思っても口に出さずに呑みこんでしまう子だったたぁからなあ」

「うちはほら、もともと四人もきょうだいがおって、わいわいやっとったわけだね。黙っとったら負けなのんや。カルピスだって、しっかり見張っとらんと、一番薄いのを飲まされる。悪いけどさ、大海さんは最初から負けとったっていうか、存在感がねえかったっていうか……。こう言っちゃあなんだけど、ほら、ちょっと陰気なところもあったぁしなあ」

どうやら歯に衣《きぬ》を着せないタイプであるらしいフミちゃんを前に、妹の鼻腔が再びひくひくしはじめるのがわかった。元来は内弁慶な彼女だが、勝ち気な性分がそれを凌駕《りょうが》するときもある。

「待ってください」。妹は雄々しくフミちゃんに意見した。「父が陰気だったのは、祖父のことで悩んでいたからでしょうし、当時の身の上を思えばしかたのないことじゃないですか」

「祖父って……ああ、ヤスオ伯父《おじ》ちゃんのことか？　大海さんが何を悩んどったって？」

「だから、悪名高い父親を持って、その父親が亡くなってからもずっと島の人たちから好奇の目で見られ続けたことに対してです」

「悪名高い？」

「つまり、その」。しびれを切らせた兄が口を挟んだ。「千人斬りのヤスのことですって」

フミちゃんと凪さんはぽかんと目を合わせ、次の瞬間、弾《はじ》けるように吹きだした。

「あった、あった。そんな噂が確かにあったぁわ。男どもが盛んに言いふらして、あることねえこと大袈裟《おおげさ》に騒いどった」

「ワカちゃんや、多喜さんとこの次男坊の。あの子は単細胞で、何でも鵜呑《うの》みにするもんだし」

のけぞり、両手を打ち鳴らして笑い転げる。

「どういうことですか」。兄が目の色を変えた。「多喜さんの話、まさか、デマだとか？」

「デマってこともねえけど、まあ、百も二百も尾鰭《おひれ》がついとるって思ったほうがええわ。ヤスオ伯父ちゃんは確かに女好きだったけど、千人斬りって器じゃねえかった。せいぜい十人ってとこだかねえ。けどほら、相川の男つうのんはそもそも女房の尻《しり》に敷かれっぱなしなもんだし、彼らにとっちゃヤスオ伯父ちゃんは一種のヒーローだったのんさ。相川中の女に手を出したの、次から次へと女が寄ってきたのって、自分らの叶《かな》わん夢をヤスオ伯父ちゃんに託しとったわけや。でも、そうして騒いどったのんは一部の男らだけで、大方の女はヤスオ伯父ちゃんなんか相手にせんかったわよ。ただ口が達者なだけの軽薄男だったもん。ま、娘の凪さんの前でなんだけど」

「いいのん、いいのん。父のだらしなさは身内が一番わかっとるのんよ。もし父が本当にモテてる男だったら、母もさっさと縁を切っとったかもしれんけど、浮気をしたって、すぐに相手にふられて、戻ってくるんだもん。母に捨てられたら死ぬしかねえって、泣く泣く許しを請うんだもん。憎めんかったんだろうなあ」

「確かに、ヤスオ伯父ちゃんにはどっか女の母性本能をくすぐるところがあったあって、うちのお母ちゃんなんかも言うとったわ。へらりんへらりんした薄っぺらい尻軽男でも、あれがあったから奥さんも捨てるに捨てられんかったって」

ヤス批判に興じる二人を前に、兄の顔から少しずつ表情が失せていく。

「じゃあ、愛人に長刀で斬られて死んだって話は？」

「長刀？　なに言うとんのんや、嘘や、嘘。浮気相手の女がな、ヤスオ伯父ちゃんの足の裏にできた魚の目をナイフで取ったんだって。そしたらほら、そこからとんでもない黴菌《ばいきん》が入ったらしいて、みるみる足が膨れて熱が出て、三日後に死んでしもうた。なあ、凪さん」

「ええ、情けねえ話だけど、父は病院が大嫌いで、死んでも行かん、なんて言うとったらほんとに死んでしもうて……」

「小心者なんだよ。注射がおっかねえのん」

「そう、小心者で、犬も大嫌いで」

「そうそう、日本に犬がはびこっとるのは生類憐《あわれ》みの令なんて出した綱吉《つなよし》のせいだって、ヤスオ伯父ちゃんがものすごく徳川家を恨んどったの、私、子供心に憶えとるもん」

「奉行所の跡地に立ち小便したり、大人げなかったっつうか、やることが小さかったっつうか」

ある意味、ヤスのことを知りたいという兄の宿願は、この時点をもって十分に果たされたとも言える。

が、魂を持っていかれたような兄の顔は見るに忍びなく、私は助け船を兼ねて胸の疑問を声にした。

「でも、父は自分に暗い血が流れているって、死ぬまで気に病み続けていたんです」

「暗い血？」

「その、性的にゆるい血っていうか、盛んな血っていうか……。祖父のそんな血が自分にも流れていることを異常に気にしていたみたいで」

「そうそう、大海さんには異常に思いこみの激しいとこがあったぁわ。たいしたことでもねえことを大仰に考えて、自分も周りも振りまわしてしまうとこが」

ばっさり言い捨てたフミちゃんのとなりで、凪さんが「でも」と眉《まゆ》を寄せる。

「待って。もしかして暗い血って、父っていうより、サトミさんのことじゃねえかったんだかや。大海ちゃんはサトミさんの話もひどく嫌うとって、先祖だなんて認めんって言い張っとったから」

「ああ、サトミさん……。そんならわかるわ。彼女は、ほら、本物のワルだもん」

「そうや、父なんてサトミさんに比べたら赤子みてえなもんだよねえ」

深々とうなずき合う二人に私は尋ねた。

「あの、サトミさんって?」

「相川が徳川家の天領だった頃に佐渡へ流されてきたっていう伝説の女だ。男なら誰だってむしゃぶりつきたくなる色気の持ち主でさ、流された原因も姦通罪《かんつうざい》。相川の料亭に身柄を預けられてからも、金持ちの旦那《だんな》につぎつぎと手ぇを出しては、精気と金を吸いとって、しまいにはまた姦通罪で打ち首になったって話なのんさ。そのサトミさんが私らの先祖だったって噂があるっつうわけ」

「まあ、噂の根拠はわからんし、どこまでほんとか知らんけど、私らは信じとるんだよねえ」

「そうそう、私らにサトミさんの血が流れとるんなら、ほら、男どもが放っておかんわけもわかるっつうもんだし」

再び両手を打ち鳴らし、のけぞって爆笑する。

兄と同様、妹の顔からも、私の顔からも表情が失せていく中、がらんとただ広い山椒《さんしょう》の間にはおばさん二人の笑声のみがいつまでも響き続けた。

そうして一日目の夜は暮れた。

「ね、起きてる?」

十一時を過ぎてようやくおばさん二人から解放されると、私たちは黙々と押入から布団を出して敷き、ぱたり、ぱたり、ぱたり、と一人ずつ倒れるように横たわった。窓辺から妹、私、兄の順。襲わないから安心しろよ、と電気を消す間際に兄が力ないジョークを絞りだしても、私と妹にはリアクションをする元気も残っていなかった。

朝霞からの長い旅。初対面の親戚《しんせき》たち。観光。トレッキング。父とヤス、サトミさんを巡る話——疲れないほうがおかしい。それでいて、頭の芯《しん》にどこか妙に冴えているところがあって、眠りたいのに眠れない。こんな夜は普段なら避けて通れる無意味な思考に足下をすくわれそうになる。

たとえば、達郎の新しい彼女のこと。どんな顔なのか。どんな声なのか。どんなふうに達郎を愛するのか。嫉妬《しっと》という名の濁流に呑まれそうになる自分をなけなしの理性で抑えていると、まだ寝ていなかったらしく妹が声をかけてきたので、救われた。

「うん、起きてる」

「お姉ちゃん、どっちだと思う?」

「何が」

「お父さんの言ってた暗い血って、ヤスのことだと思う? それともサトミさん?」

妹も妹で考えても詮無《せんな》いことを考えていたらしい。とりあえず機嫌は直ったようなのでほっとした。

「さあ。フミちゃんだったりして」

妹が小さな笑いを忍ばせる。

「なんだか私、一気にずっこけちゃったっていうか、自分の血とか、ルーツとか、そういうの気にしてるのがばからしくなってきた。大体さ、お姉ちゃん、サトミさんの話って信《しん》憑性《ぴょうせい》あると思う？」

「うーん、薄いかも。ヤスが男たちのヒーローなら、サトミさんは女たちのヒロインって感じだし、やっぱり相当、尾鰭がついてる気がするし。実在したとしても、ほんとは単にちょっとセクシーで我慢のきかない人だったってだけで、でも時代が時代なだけに大事になっちゃったんじゃないのかな」

なるほど、とつぶやいてしばし沈黙した妹は、ややして一層声をひそめ、思わぬ問いを投げてきた。

「ねえ、お姉ちゃん」

「ん？」

「セックスってなんなのかな」

「んん？」

「セックスの快感って、人の人生をどうにかしちゃうほどのものなのかな。私、この前からずっと考えてたんだ。お父さんの浮気とか、ヤスのこととか知ったときから、ずっと。でもさ、いくら考えても、したことないからわからないんだよ、ぶっちゃけた話」

私はぶっちゃけ、したことはあるけど快感についてはわからないんだよ。そんな告白をしたところで妹を余計に混乱させるだけだろうから、私は一般論としてこの問題に立ちむかうべく頭をひねらせた。

「うーん、どうだろう。やっぱり食欲や物欲と一緒で、性欲にも個人差があるんじゃないのかな」

「まあ、それは当然、そうだろうけど」

「ただささ、そもそも人間って性欲や快感のためだけにセックスをするわけじゃないじゃない。恋愛感情だとか、好奇心だとか、独占欲だとか、相手を繋《つな》ぎとめたいとか、寝取りたいとか、ちょっとした出来心とか、誰かや何かへの当てつけだとか……そういういろいろに駆りたてられてのことで、人が身を持ち崩すっていうのもセックスそのものより、意外とそういういろいろに足を引っ張られてのことなんじゃないのかな」

「ふうん」

「セックスそのものにのめりこんでどうにかなっちゃったって人は、少なくとも私の周りにはいないかも。いざやってみるとたいしたことなかったってケースのほうが多いんじゃないかな。たいしたものじゃなかったから、ヤスだって、サトミさんだって、質より量で勝負しようとしたのかもしれないし」

「お父さんも？」

「お父さんの浮気相手は、たぶんヤハギさん一人だったと思うよ。量より質っていうか」

「ていうか、量より質より、肝腎《かんじん》なのは愛だよね」

「だよねえ」

「お父さん、ヤハギさんに恋愛をしていたのかな」

「さあ。していたかもしれないし、してなかったかもしれないねえ」

「もしも恋愛感情があったなら、私、ちょっとはお父さんのこと、許せそうな気がする」

結局、妹は父のことを許したいのかもしれない、と声に出さずに私は思った。浮気の発覚当初はカッカとしていた彼女も、時の経過に伴ってトーンダウンをして、今はこの島で父を許すきっかけを探しているのかもしれない、と。

「ね、花はお父さんが好きだった？」

そっとつぶやくと、暗闇にぽっちりと灯《とも》る豆電球のような、仄《ほの》かな声が返ってきた。

「局部的には」

「そっか」

「基本的には小うるさいジジイだと思ってたよ、二十歳を過ぎても門限十時を守らされてた私が一番の被害者だったしね。ただ、お父さんにはお父さんの信念があるのもわかったし、その信念に誰よりもお父さん自身ががんじがらめになってる気もしたし……。あれだけ自分にも他人にも厳しかったら、そりゃあ、大変な人生だよね」

「でもお父さん、花といるときだけは結構、和んでたよ。花のことが可愛くてしかたなかったんだよ」

「なんでか知ってる?」

「知ってる」

「え、なんでよ」

「お父さんに怒られて泣くのは花だけだったから。私もお兄ちゃんも泣かないで、きっとすごく冷たい目をしてた」

「そっか……でも、きっとそれだけじゃないよ。私、一番下だからっていうのもあったと思うけど、小さい頃からなんとなくお姉ちゃんやお兄ちゃんと肌合いが違って、一人だけ仲間外れにされがちだったじゃない。お父さん、子供の頃の自分を重ねて見てたのかも。親戚んちの四人きょうだいから疎外されてた頃のこととか思い出して、それで何かと気にかけてくれたのかもって、さっきフミちゃんの話を聞きながら、なんか腑《ふ》に落ちたんだよね」

「私たち、仲間外れなんてしてた?」

「してた、してた。まあ、私も私で、お姉ちゃんたちの悪さをお父さんにチクったりしてたけど」

「ほらー」

「お父さん、きっと死ぬまで忘れてなんかなかったと思う。島のことも、みんなのことも」

「うん」

「お姉ちゃんは忘れてた？」

「え」

「お父さんのこと。五年で忘れられた？」

「うーん」。唸りながら枕に顔を沈めた。「局部的には」

人は人を忘れる。けれどもまた思い出す。もう何もかも取り返しがつかなくなった頃に記憶の蓋《ふた》をゆるめる。それが憂鬱《ゆううつ》で、面倒くさくて、だから私は父の故郷など訪ねたくはなかった。

この島にいると否応なしに父のことを考えさせられる。好むと好まざるとにかかわらず父へと近づいていく。生きている父からならばどこまでも逃げきる自信があったのに、人間、死人には弱いものだ。

「花ちゃん」

私は囁《ささや》いた。

「ん？」

「お父さんが死んだとき、花は泣いてたけど、私は子供の頃と一緒で、やっぱり泣けなかった。自分が悲しいのか悲しくないのかわからなくて、もしかしたらすごく冷たい目をしてるんじゃないかって、怖かった。怖くて、そのあともなんとなく、家にも近寄りづらかったんだ」

「うん」

「……」

「それだけ？」

「うん。ちょっと言っておきたかった」

「わかった」

「……」

「……」

「リアクションそれだけ？」

「うん。ちゃんと聞いたからさ。もしかしたらお父さんもその辺で耳をすましてたりして」

居るわけがないのに、どきっとした。自分で言っておきながら、妹もどきっとしたように息を止め、瞳《ひとみ》を闇に泳がせた。深い土の底のような静寂。やがて私たちはどちらからともなく掛け布団を引っ張りあげて顔を覆った。

「寝る？」

「そうだね。明日もあるし」

「明日はどうなるんだろうねえ」

「ねえ。おやすみ」

「おやすみ」

「おやすみ」

「あれ？」

最後の「おやすみ」は兄の声だった。


翌日は海も沸き、山もとろけるような真夏日で、パワー全開の太陽が肌をいたぶる炎天下、私たちは一般の観光客と何ら変わりのなかった前日とは打って変わって、なんともマニアックな父の思い出ツアーをくりひろげることとなった。

というのも、その朝、私と妹よりも一足早く起床した兄が、食堂で顔を合わせるなり不敵な笑みを浮かべて言ったのだ。

「おまえら、今日の予定を聞いて驚くなよ」

私たちを待てずに始めた朝食中、兄は凪さんに相談を持ちかけて、一緒に今日一日の「緻密《ちみつ》」な計画を練ったのだという。

その内容は次のようなものだった。
○午前中――父の通っていた小学校、中学校、高校めぐり。その後、父の母親がパート勤めをしていた食堂で昼食。
○午後――中二から高三まで父がお世話になった親戚《しんせき》宅を訪問。時間が余ったらオプションとして父が犬の散歩コースにしていた浜を見学。

○夜──父の高校時代の恩師が定年後に開いたカラオケスナックで、父を偲《しの》んで乾杯。

「緻密ってほどでもないけど……でも、すごい。よく考えたねえ」

「ま、頭使って考えたってよりは、ノリだな、ノリ」

昨夜のヤス・ショックを微塵《みじん》も引きずっていない兄の姿に、この人の身上はこの立ち直りの早さだな、それがすべてといっても過言ではないな、と改めて思う。

「昨日はごめんねえ。あんたたちの気持ち、ちっともわからんで、あっちへこっちへ連れまわして……」

凪さんも凪さんで昨夜の一件を気にしていたようだ。

「ここはあんたたちにとってお父さんの故郷なんだもんな。朱鷺《とき》のいる島でも、金山のあった町でもねえんだよね」

今日は一組も客が入っていないからどこへでも案内できると言う。この連休中に客がいなくて大丈夫なのかと危ぶみつつ、私と妹はすばやく朝食を済ませて支度を整え、敏腕ツアーコンダクターを自称する兄とともに仁科館のバンに乗りこんだ。

誰が誘ったのか、助手席には絶えて着信音の鳴らない携帯電話を握りしめた愛の姿もある。結局、友達がいないのかもしれない。

「ねえ、小学校とかさ、中学校とか見に行ってどうするわけ？　そこへ行ったら叔父《おじ》さんの幽霊に会えるとか？」

昨日の私の忠言など一つも気に留めているそぶりのない愛は、ハンドルを握る凪さんにしきりに茶々を入れている。

「うるせいわや、愛。おめも修学旅行で太宰治《だざいおさむ》んちを見に行ったばっかりだろ」

「だって、斜陽館はばかみたいに大きくて、金がかかってるんだよ。小学校はただの小学校だし、中学校はただの中学校じゃない。意味なーい」

確かにそうなのだろうと、私も内心では思っていた。兄の立てた計画は無駄じゃない。でも、そこに意味はなさそうだ、と。

小学校はただの小学校。中学校はただの中学校。それ以上の何ものでもないことは、愛に言われるまでもなく歴然としている。

ただ、何かが必要だった。朱鷺ではなく、たらい舟でもなく、ここまで来たからには父にまつわる何かに触れなければ、私たちは東京へ帰れない。心の区切りを、踏ん切りをつけられない。

その一心で私たちは父のおぼろな足跡を辿っていったのだった。

最初の訪問先、相川小学校は町中から程近い金山の裾野《すその》に建っていた。横に広がるコンクリートの三階建て。休日のため子供たちの影はなく、どこからか管楽器の音色だけが鳴り渡っている。万物をうねらす陽光を逃れ、私と兄が校門に近い松の木陰からぼんやり校舎を眺めていると、どこかの教室の窓から教員らしきおじさんが訝《いぶか》しげな顔を覗《のぞ》かせた。

私たち、不審かな。どうかなあ。父の母校なんですって叫んでみる？　すげえ不審だからやめておけ。汗の流れるに任せて一人日向に佇《たたず》んでいた妹がようやく踵《きびす》を返したのは、練習不足の否めない管楽器のばらけた音色が、どうやら『天国と地獄』を奏でているらしいことが判明した頃だった。

愛と車中に残っていた凪さんは、次なる目的地へと向かうあいだ、父の思い出を絞りだすように語って聞かせてくれた。

「大海ちゃんは、たぶん学校が好きだったんだなあ。小学生んときから遅刻も早退もしたことがねえて、行きたくねえ、なんてごねたこともねえて、風邪で欠席なんてことになると、すっかりしょげとって……。友達と元気よく遊ぶような子ぉじゃねぇかったぁけど、放課後、いつまでも図書館で勉強したり、本を読んだりしとったみたい。書道が得意でな、習ったこともねえのに学校のコンクールで金賞をもろて、大きな賞状をもろてきたことがあったぁわ。母が喜んでな、額縁に入れて、後生大事に飾っとった」

相川小学校から相川中学校までは車でほんの数分の距離だった。広々としたグラウンドを備えた近代的な校舎で、どんなホームランでもシャットアウトしそうなフェンスがその敷地全体を取り巻いている。校門の前で車を降り、砂埃《すなぼこり》の中で部活に励んでいる生徒たちをしばし眺めた。ひたすら走る陸上部。かけ声の華やかなサッカー部。外野は暇そうな野球部。眺めているとどうしても、父の中学時代よりも自分自身のそれに思いを馳《は》せてしまう。私も部活やりたかったなあ。俺も。帰りが遅くなるからって一切禁止だったよね。俺がさ、どうしてもバスケ部に入りたいって食いさがったら親父のやつ、庭にバスケットのゴールを設置してやるからそこでやれって言いやがった。ああ、それはまたお父さんらしい変人ぶり……。兄と私の昔話を尻目《しりめ》に妹がさっきよりも早く車へ引き返したのは、この校舎が近年になってから建てかえられたものであり、父の通っていた当時の相川中学校は現奉行所跡にあった事実を凪さんに聞いていたせいだろう。

「その相川中学に大海ちゃんがおったのも中二の秋までで な、そのあと、母が亡くなって、金井《かない》の親戚《しんせき》んちに引きとられたでしょう。学校も転校することになったんだよなあ。それから先の大海ちゃんのことは、私もほとんど知らないのんよ。もともと中学に上がった頃から大海ちゃん、すっかり無口になってしもうて、男と女のきょうだいだし、話をすることもなくなってしもうたの。口を開けば、大海ちゃんは父の恨み言ばっかり言うようになったぁし、一時期、成績が落ちたときも、ぜんぶお父ちゃんのせいだって……。大海ちゃんは、結局、一徹すぎたんだかなあ」

中学卒業後、父は佐渡一の進学校である佐渡高校に入学。その高校は親戚宅のある金井に隣り合わせた佐和田《さわた》にあり、相川からは車で一時間弱を要した。はるばるそこまで出向いていながらも、私たちがその校舎をほんの一瞥《いちべつ》しかせずに車に戻ったのは、関係者以外の立ち入りを禁ずる厳《いか》めしい表記が目についたからでもあり、長時間の駐車が難しい大通りにその校舎が面していたからでもあった。

「高校に入ってからの大海ちゃんのことは、同じ佐渡高のワカちゃんから少し聞いたくらいで、私はなんにも知らねんだよねえ。何度か電話をかけたけど、あの子は私を避けとったし、どんどん疎遠になってしもてなあ。私は大海ちゃんと違うて、父のことを丸ごと否定はしとらんかったの。そりゃあ女癖はひどいもんだったけど、どっか人間的な温かみもある人でさ、逆に母はよくできた優しい人だったけど、どっか冷てえとこもあった。そういう、ちょっとした感じ方の違いが、私らきょうだいを遠ざけていったんだかなあ」

優しさと冷たさを併せ持った人——じつは結構したたかな良い女だったのではないかとも思わせる祖母がパート勤めをしていたという食堂は、佐渡高校と同じ佐和田にあった。大型のビデオ屋やファミリーレストラン等が軒を連ねる表通りではなく、少しばかり海寄りの小道に佇む洋風食堂。素朴なパンジーのプランターが並ぶ店先には本日のランチを記した黒板が立てかけられていた。

「ああ、やっぱりここも改装したんだなあ。昔はほんとに洒落《しゃれ》っけのない定食屋で、私も弟も端っこの席でコロッケ定食ばっかり食べとったのよねえ。大海ちゃんはまだ小学生になる前だったぁかなあ、コロッケ定食……今はねえなあ。この、ミックスフライ定食っていうのんが一番近いと思うけど、どうだかや」

各学校の門前ではひたむきに目を凝らし、見えない何かと向き合おうとしていた妹も、ここに来て急に力尽きたのだろうか。

「私、A定食にします」

やけにきっぱりと彼女が言った瞬間、窓辺のテーブルを囲む私たちのあいだには明らかに安堵《あんど》の色が広まった。

「ああ、良かった。私までミックスフライ食べさせられるかと思ったよ。お母さん、私、オムライス」

　愛が片手ではたはたと胸元に風を送りながら言う。

「じゃ、俺、カツカレー」

「私、B定食」

「私もA定食にしようかなあ」

　皆も口々にオーダーし、私たちはちょっと情けないような、照れくさいような顔で微笑み合った。

「思い出ってさ」と、妹が皆の胸の内を代弁するように言った。「思ったんだけど、やっぱり思い出って、思い出話があってこその思い出だよね。あ……なんか言ってることが変だけど、たとえばお父さんから直接いろんな話を聞いてたら、もっと違ったのかなって思ったの。ああ、あれがお父さんの育てた花壇か、とか、お父さんが手を滑らせて怪我をした鉄棒か、とか……。そういうの全然知らないと、いくら足跡を巡っても、どこを見ればいいのかわからない」

「道理だな」

　兄の同意に愛が軽口を割りこませる。

「じゃあ、私の思い出でも話してあげようか？　私も相川小学校に通ってたし、相川中学なんて、今も通ってるし」

「そう思うとますます、なんだかなあ」

「ねえ」

やがて注文の品々が運ばれてくると、私たちの話題は自然と「食」へ傾き、古今東西の蕎麦《そば》文化の違いなどを語らいながら食事を楽しんだ。父とは何ら関係のないランチタイムに成りさがったものの、B定食のチキンピカタの味は悪くなかったし、空腹も満たされた。

ツアーの後半——午後一番の訪問地は、父が中二から高三までを過ごした親戚宅。父がお世話になった親戚への挨拶《あいさつ》を主とした訪問だけあって、それは本日の最重要イベントでもあった。にもかかわらず、食事を終えても尚《なお》、私たちきょうだいがぐずぐずとコーヒーをすったり、うどんに話題を移したり……と、なかなか腰を上げられずにいたのには理由がある。

凪さん曰《いわ》く、両親を共に亡くした父を引き取ってくれたのはヤスの妹（サチさん）一家で、当時はフミちゃんも含め四人の子供を抱える大所帯だった。にもかかわらず、甥《おい》っ子にあたる父のことを、サチさんもそのご主人も実の子供とわけへだてなく育ててくれた上、勉強熱心な父のために勉強部屋の増築までしてくれたらしい。結託するとタチの悪い四人の子供たちから内気な父を守ってくれたのもサチさんだったという。なのに父は上京後、その恩に背いて一度も故郷に足を向けなかった。

薄情者の子供たち、と白い目を向けられてもしかたのない立場にあったのだ。が、しかし後ろめたさを引きずりながら赴いた先で私たちを待っていたのは、白い目よりも尚つらい、虚無の瞳《ひとみ》だった。

「サチ叔母《おば》さんは十年も前から肝臓を患っとってね、ほとんど寝たきりになって、それから痴呆《ちほう》が始まったの。昔のことはなあんにも憶《おぼ》えてねえ。今のこともわからん。それでもいいならどうぞ来てくださいって、長女のチエさんが電話で言うてくれたわ」

凪さんから事情は聞いていたものの、ベッドの上でもう何年も筋肉を眠らせているように表情を硬くし、ただじっと天井を見上げているサチさんの姿には、ずんと胸にこたえるものがあった。

五年にわたって父を育て、守ってくれたサチさんは、私たちがどんな声をかけようとも、もはや反応を望めない人になっていた。かっと見開かれた瞳は何も映さず、ただ虚無だけを宿している。手足が細い。点滴の跡が痛々しい。頬が痩《こ》け眼窩《がんか》はくぼみ唇は乾ききっている。

でも、生きている――。

「大海くんはうちで一番手ぇのかからん子ぉだったぁし、成績も優秀、とにかくしっかりしとったから、便りがなくなってからも、母は心配しとりませんでした。おんなじように東京へ出てった弟二人は借金をこさえたり、転職を重ねたりって心配のかけ通しだったぁけど、大海くんの場合、便りがねえのは良い便りだって、お父ちゃんもお母ちゃんも言っとりましたよ」

サチさんのご主人は七十を過ぎてまだ漁の手伝いに出ているらしく、金井の静かな田園風景の中に佇《たたず》むその家で私たちを迎えてくれたのは、サチさんの介護をしている長女のチエさんだった。

「親父がお世話になりながら、何もお返ししないまま逝ってしまって……」

兄が気まずい思いを声にすると、いえいえ、となぜだかチエさんまでが気まずそうに目を伏せる。あのフミちゃんと姉妹とは思えないほどに落ちついた、たおやかな佇《たたず》まいのおばさんだ。

「お互いさまなんだわ。うちの両親は私が小さい頃に事業をしくじっとって、祖父母から譲り受けた遺産も使いはたしてしもて、そのくせ子供が四人もおるもんだから、おんなじ親戚でもヤスさんとことは全然生活ぶりが違うたの。大海くんのご両親が遺《のこ》した貯金や土地を、大海くんがうちへ来てから、急に暮らしがいいなった。なのに大海くんがうちの両親はぜんぶ大海くんのために使ったわけじゃねえんです。連絡がつかんようになった大海くんを捜さずにおったのは、胸のどっかにやましさがあったせいだと私は思っとります」

「いや、そんな、金なんて。親父のほうこそ、仕送りの一つもするべきだったくらいで」

「でも、お父ちゃんたちはどっかで大海くんをだましとったわけだし」

「いや、親父こそ、世話になるだけなってドロンだなんて……」

言い合う二人は、やがて同時に破顔した。

「そんなことも、こんなことも、大海くんが亡くなって、お母ちゃんがこうなった今となっちゃ、もうぜんぶご破算だぁなあ」

チエさんが切ない笑みを唇に載せ、地獄といえば地獄、平和といえば平和な世界に生きるサチさんに目を向ける。

人はいつか老いる。病む。そして死ぬ。焦らなくてもご破算のときは必ずやってくるのだと、私は今初めてそのことに気付いたような思いで、サチさんの手をそっと握った。

私たちのお父さんがお世話になりました。

心の中でつぶやく。

サチさんの手は驚くほど軽く、そして温かかった。人の体温は頼もしい。たとえどんな状態であろうと、命があるのとないのとでは大違いだ。

父の死が悲しいのか悲しくないのか、私にはまだよくわからないけれど、確かにそれはひどく残念なことではあると、このとき、ようやくそう思えた。


「オプション、どうすっか？」

本日の最重要イベントを終えた私たちは、サチさん宅の静けさを引きずったまま、神妙な面持ちでバンに戻った。愛の軽口さえも聞こえない車内の沈黙を兄が破ったのは、車が田園の緑に潤う金井を抜け、再び目前に果てのない青が広がった頃だった。

「まだ時間なら余裕があるけど、親父の犬の散歩コース、見に行ってみるか？」

「ううん、いい」。妹が即答した。「ていうか、いっそ、お父さんの恩師が開いたカラオケスナックもキャンセルしちゃわない？」

「え、行かなくていいのか」

「うん、もういい。ありがとう。満足した」

兄は妹の横顔をしばし眺め、そうか、とうなずいた。

「野々もそれでOK？」

「うーん。私、カラオケであゆの新曲、練習したかったんだけど」

「じゃ、キャンセルつーことで」

「聞いてる？」

「あ、けどそういえば凪さんからもう恩師に連絡入れてもらったんだっけ」

「あのなあ、それが……」と、運転席から凪さんがおずおずと返した。「言いづらくって黙っとったけど、その恩師の先生な、どうも大海ちゃんのこと、すっかり忘れとるみたいなのんよ」

「……」

「……」

「……」

声をなくした私たちの代わりに愛が言った。

「キャンセル決定」

結局、その夜は仁科館の山椒《さんしょう》の間で単なる飲み会が催された。参加者は私たち三人と凪さん、七代目、愛、また来たフミちゃん、そしておじさんX。いつしかなにげなく部屋に紛れこんでいたおじさんXは、やはり私たちの遠縁にあたる人物らしいのだが、ややこしすぎてその繋《つな》がりは把握しきれなかった。一つ確かなのはこのXが途方もない大酒飲みであることで、仁科館の経営難に拍車をかける勢いで日本酒の二合瓶をみるみる空にしていく。未成年の愛と下戸のフミちゃんにはバヤリースのオレンジジュースが宛がわれていたものの、意外にも凪さんと七代目の夫婦がまたなかなかの飲んべえで、これまた驚いたことに妹もいつのまにかイケるクチになっていて、そこに本来アルコールに強い兄と私がいようものなら、それはもう飲めや踊れや食えや騒げやの宴会にならないほうがどうかしているというものだ。

七代目が自ら釣りあげたアジやトビウオのタタキ。網元から直接買いつけてきた豪華マグロの造りとカマ焼き。サザエの壺《つぼ》焼きにアワビのバター焼き。海草たっぷりのサラダ。手作りの塩辛に漬物。七代目の腕が冴える料理に群がる皆は初めのうち、私たちに気を遣って父の思い出話をしたり、上京後の父の境遇を尋ねたりしていたものの、あまり話に身が入っていないのは一目瞭然《りょうぜん》で、「もう、いいねけえ、大海んことは」とおじさんXが吐きだすように言ったのを最後に話題はあらゆる方向へと拡散した。

次第に皆のろれつが怪しくなっていく中、私たちが得た知識は父にまつわることではなく、凪さんが金山の土産物ショップでのパート勤めを考えていることや、七代目が使い道のない気象予報士の資格を持っていること、愛の視力が二・〇もあること、おじさんXは観光バスの運転手をしながら夏期だけ地元の小型定置網漁を手伝っていること、フミちゃんのいとこが両津の漁場でダイビング教室を始めて地元の漁師たちから顰蹙《ひんしゅく》を買っていること、等々だった。

唯一の収穫は、そんな話の合間に凪さんが見せてくれた昔のアルバム。幼い頃の父や凪さん、若き日のヤスの姿などが、枚数は少ないながらも色濃くちりばめられていた。素面《しらふ》で向かい合ったら腰が引けていたかもしれないそれらも、宴会の席では立派な酒の肴《さかな》だ。

「やだ、お父さん、不細工……。こんな顔してたんだ」

「マルコメ頭だし」

「鼻水垂らしてるし」

「この顔、この表情、お兄ちゃんの子供の頃にそっくり」

「やめてくれ。うわ、中学時代のこの、陰気そうな顔！」

「モテなさそう」

「むっつりすけべって感じ？」

「それに比べて、ヤスのこの、中途半端にモテそうな優男ぶり」

「でも、こうして見ると普通の親子じゃんねえ」

兄はまだヤスのことであきらめがついていないらしく、「本当は相当なワルだったんでしょ」「千人斬りとはいわなくても、百人くらいは……」などとしきりにフミちゃんに詰めよっている。紫と黄土色のボーダーシャツの左胸に五重塔をものものしく光らせたフミちゃんは、兄の追及を上の空でかわし、白シャツの左胸にちょこんと地蔵を載せた妹にサトミさんの武勇伝を熱く語っている。ばかやろう、サトミなんかただの色狂いでねえか。おじさんXはぶつぶつ言いながらひたすら手酌で飲みまくる。

ざわめきやまない酒席の片隅で、私は父の写真を一枚だけいただけないかとこっそり凪さんにお願いした。鼻水を垂らしたマルコメ頭の父を、どうしても母に見せたくなったのだ。持ってけ、どれでも欲しいだけ。凪さんは快くアルバムから写真を剝《は》がしてくれた。

「そんで、おめたち、明日はどうするのんや」

サトミさんの話にも飽きたのか、フミちゃんが一際大きな声で皆の注意を引いたのは、宴もたけなわの頃だった。

「五時のジェットフォイルで帰るらしいんだわ。そんなら時間もあるし、昼間は日帰り温泉でも行って、港まで送る途中で朱鷺《とき》センターへ寄ればいいって私は思っとったんだけど」

凪さんが返すと、「朱鷺?」とフミちゃんは忌々しげに顔をしかめて、

「なに言うとんの。温泉に入るんなら、オギまで行って、たらい舟に乗ってこいっさ」

「でも、そしたら朱鷺の時間が……」

「あんたら、アカドマリへは行ったか。アカドマリはうちの女房の出身地でな、蟹《かに》がうん

めえぞ」

おじさんXが口を挟めば、七代目も負けじと声を張りあげる。

「もうそんなあちこち連れまわさんで、明日はそこいらの浜でのんびり釣りでも楽しもうっちゃ」

「釣った魚は明日の客に出すんか」

「明日も客はねえ」

「おい……大丈夫だか」

「朱鷺はなあ、またいつ絶滅の危機に瀕《ひん》するかわからんから、おるときに見といたほうがいいと思うんや。たらい舟は、絶滅せんから、また今度でもいいんね」

「真っ先に絶滅するのんはこの仁科館かもしんねえなあ、がっはっは」

「凪さんは、もう、酔うと理屈に合わんことを言い出すし」

まのびした声で皆が言いたいことを言い合っている中、突然、「冗談じゃない」と愛が若く澄んだ声を響かせ、立ちあがった。

「何が朱鷺よ。何がたらい舟よ」

焦点のぼやけた大人たちを叱りつけるようににらみつけて言う。

「相川に来たなら、明日は、イカイカ祭りに決まってるじゃない」

「イカ?」

「イカイカ……?」

「ね、ちょっと来て。いいもの見せてあげるから」

そのとき愛が私の腕を摑《つか》んで走りだしたのは、単に私がきょうだいの中で最も彼女に近い席にいたせいだろう。

来て、来てと促されるままに部屋を出て、階段を下って靴を履き、どこまで行くのかと訝《いぶか》りながら仁科館の玄関をくぐった。夜気の立ちこめる表へ出ると、光源の微々たる町には蒼《あお》ざめた月明かりが冴え渡り、昼間の熱など忘れたように涼しげに静まり返っていた。酔って足下の頼りない私の前に立ち、愛は軽快な足取りで先へ、先へと急いでいく。表通りを外れ、小さな路地を抜けると、ふいに目の前に夜の海が広がった。

金銀のビーズをちりばめたかのような星空。その袂《たもと》で濃厚な紫紺の闇を広げる海。しかし、私が目を奪われたのは星でも海でもなく、暗い波間に点々と灯る光のかたまりだった。

通常の船影よりも遥かに力強い大小のきらめき。

あれはなんだろうと目を瞬《しばた》いていた私に、肩越しに振りむいた愛が言った。

「イカは好き？」

これだけ至近距離にいても、彼女は私の顔は見ず、微妙に視線を外している。

「イカ？　好きだけど」

「ほかの二人も？」

「きょうだい全員、昔から大好物」

愛は満足そうにうなずき、再び海を見やった。

「あれは、イカ釣り漁船の光。明日はイカイカ祭りだから、いつもより船が多い」

「へえ、イカ釣り漁船って、あんなに明るいんだ」

見たこともない類《たぐい》の光が夜の海を明々と照らしている。なんだなんだとイカが誘われてくるのも無理はない。

「綺麗《きれい》。ダイヤモンドをいくつも横に並べたみたい」

「百万かかる」

「え」

「イカ釣りの集魚灯、安くても二万、高いのは一つ四万もする。どの船も五十個くらいつけてるから、あれ一隻で百万以上かかるって」

「はあ。ダイヤモンドより高いかも」

「明日、イカイカ祭りに行く？」

「イカが食べられる？」

「うんざりするほどイカづくし」

「行く、行く」

来た道をぶらぶらと引き返しながら、愛は「ねえ」とまっすぐ前を向いたまま言った。

「ダイヤモンドを男にもらったことある？」

「ないよ」

「え、ないの？」

「うん。だって今まで貧乏人かケチか、どっちかとしかつきあったことなかったし」

「なあんだ。東京じゃ、女はみんなダイヤモンドをもらってるのかと思ってた」

「なによ、それ」

「私も高校出たら東京に行く。ダイヤモンドをもらえる東京に行くんだって、ずっと思ってたのに」

ずいぶんと高飛車な思いこみだ。が、本気で落胆している後ろ姿は少しばかり微笑ましくもあった。

「あのさ、それはきっと、東京にはダイヤモンドをもらえるみたいなわくわくしたことがあるかも、ってことだよね。そういう、思いがけないことが起きそうなところに行きたいってことじゃない？」

「うーん、そうかな。そうかも」

「そうでしょう。ダイヤモンドを買ってもらうのが目的じゃないって、そこだけは頭をはっきりさせておかないと、物欲ばっかりの女は性欲ばっかりの男に足下すくわれて泣くことになるよ」

「ひえー」

肩を並べて仁科館の玄関をくぐるなり、尚《なお》も続いている酒宴の空騒ぎが上階から響いてきた。私はもう勘弁、と一階奥の自室へと引きあげていく前、愛はちらりと私を一瞥して言った。

「親友がさ、こないだの修学旅行で彼氏を作っちゃって、だからこの夏は、もう最低」

「ああ、それは結構、落ちこむねえ」

「そういうことって、よくある？」

「ある、ある。自分の彼氏が新しい彼女を作っちゃったり」

「マジ？」

男と女の厳しさを垣間見《かいまみ》た少女と別れて山椒《さんしょう》の間に戻ると、畳の上には酔い潰《つぶ》れたおじさんXが転がっていて、しかし誰一人そんなことは気にせずに酒盛りを続けている。どこ行ってたの。まあまあもう一杯。招かれるままに私も再びその輪に加わり、飲みます飲みます、とお猪口《ちょこ》を投げだして自らコップに冷酒を注いだりして、さすがサトミさんの子孫だわあ、などと感心されるほどに飲んで、飲んで、どこまでも飲んで、そうして二日目の夜は更けた。


翌朝、目覚めてまず最初に思ったのは、ああ、今日という一日はもう終わったも同然だ、ということだった。

胃が重い。頭が痛い。手足がだるい。吐く息がまだ酒臭く、呼吸をするだけで再び酔いがまわってきそうになる。渇いた口が、喉《のど》が、内臓が狂おしく水を求めている。体内のアルコール濃度を薄めてくれ、薄めてくれと叫んでいる。ここまでひどい二日酔いは久しぶりだった。

以前は達郎とよくやった。一緒に暮らして間もない頃は金曜の晩が訪れるたび、あのアパートの部屋で夜通し飲み明かし、翌朝は決まって二匹のトドになった。何もできない。したくない。布団に延々と横たわり、一日が通りすぎていくのをただ待った。それでも次の金曜日になるとまた進んで同じ過ちをくりかえしたのは、達郎といるとその何もない一日でさえ幸福に感じられたせいだろう。

一つの布団でごろごろしながら、互いの情けない顔を笑い合う。布団を出るのは大仕事だから、テレビのリモコン一つ取りに行くのにもジャンケン。冷たい水を運んでくるのもジャンケン。カーテンを開けるのも、閉めるのもジャンケン。往生際の悪い私たちは三回勝負、五回勝負、十回勝負、とどんどん決着を先延ばしにし、ジャンケンのしすぎで一層具合の悪くなる始末。だるい。重い。気持ちが悪い。ふと横を見ると似たような症状に苦しむ達郎がいる。だるい。重い。気持ちが悪い。その刹那《せつな》、私はマイナスとマイナスをかけてなぜだかプラスになるように、私のだるさと達郎のだるさが、私の重さと達郎の重さが、私の気持ちの悪さと達郎の気持ちの悪さが見事に相殺され、この特殊な法則の発見によって二日酔いを脱した私たちは手と手を取り合って軽々と天までも昇っていけるような、これから何があってもマイナス二乗の法則で切りぬけていけそうな、なんとも脳足らずな至福感を嚙《か》みしめるのだ。

無論、それはつかの間の幻想にすぎず、実際の私はいつまでもだるいまま、重いまま、気持ちの悪いままそこにいる。先に回復をするのは決まって達郎のほうで、陽の傾きだした頃に彼のこしらえてくれるスープやおにぎりを、私はひそかに楽しみにしている。とても贅沢《ぜいたく》な気分で待っている。窓ガラスを洗う雨の音なんて響いていたら尚のこと、それはそれは贅沢な休日となる。

二日酔いでもキスをしてくれる達郎が好きだった。セックスの導入としてではなく、たくさんの無意味な、無益なキスをくれた達郎が――。

いけない。こみあげる未練を断ち切るように、私は勢いをつけて上半身を布団から起こした。とたん、ふらりと波に流されるようなめまいがして、危うく今度は前のめりに伏してしまいそうになった。なんとか持ちこたえ、両腕で体を支えたまま左右の布団に目を向ける。

兄も妹もすでに目覚めてはいるものの、体がきつくて動けずにいるようだ。薄く開いた瞼《まぶた》から濁った瞳《ひとみ》を覗《のぞ》かせ、悲痛な表情を浮かべている。一つの部屋にだるくて重くて気持ちの悪い人間が三人――マイナスの三乗＝単にマイナスが増大されるだけで、それはそれはとてつもない鬱陶《うっとう》しさだった。

時計を見ると、午前九時。光るスクリーンのような障子の向こうには昨日と負けず劣らずの晴天が広がっているのがわかる。この体調で直射日光を浴びたら五分で煮崩れてしまいそうだし、今日は出発の時間までここでおとなしくへばっているのが賢明だろう。

と思っていた矢先、ガタンと部屋の戸が乱暴に開かれ、唇を尖《とが》らせた愛が踏みこんできた。

「寝すぎ。起きなきゃ、そろそろ始まるよ」

「何が」

「お祭り」

「あ、イカイカ……」

「行くって言ったよね」

「うーん、でも……」

確かに昨日は約束した。が、今日は今日の風が吹くというか、今の自分にそんな元気があるとは思えない。上半身を支えるだけでもしんどいこの体。抗《あらが》いがたい倦怠感《けんたいかん》。

しかしその一方、イカイカ祭りという響きにそこはかとなく心惹《ひ》かれているのもまた事実だった。私は本当にイカが好きなのだ。ご飯も味噌《みそ》汁も、ぬか漬け一切れ受けつけそうにない胃のむかつきを自覚しながらも、イカならぺろりと平らげてしまいそうな気がしないでもない。

「あ？　イカイカ祭りって、イカを食ったりできんのか」

「うん。いろんな出店が出る」

「ふうん。なんか楽しそう」

兄と妹もイカに釣られてむくむくと布団から身を起こした。そう、彼らも大のイカ好きで、子供の頃は食卓にイカが上るたびに三人で奪い合いの大喧嘩《おおげんか》になり、なぜ理性で欲望をコントロールできないのかと父の逆鱗《げきりん》に触れていた。

「あー、動きたくない。でも、イカイカ祭りに行かなかったら後でものすごく後悔する気がする」

「あー、なんも食いたくねえ。でも、イカなら食いてえ」

私たちは呻《うめ》いたり、頭を押さえたり、三歩行っては立ち止まって呼吸を整えたりしながらも、イカのために驚異的な執念を発揮して出かける支度を整え、この日もまた仁科館のバンに乗りこんだ。

昨夜の酒をまるで引きずっていない怪物、凪さんのとなりには、いつになく爽《さわ》やかな白いワンピース姿の愛がいる。茶色い髪はトップでまとめて、空色のリボンを巻いていた。

「なーんか、今日は妙にお洒落《しゃれ》をしてるんじゃないの」

「別に」

「白は汚れるしやめえって言うたんに、この子が、どうしてもこれで行くって」

「うるさいよ、お母さん」

「まあ、地元の祭りってのは、若者にとっちゃ大がかりな合コンみたいなもんだしなあ」

兄の指摘は図星だったようで、愛は真っ赤になって後部座席を振り返り、一喝した。

「うるさい！　ついでにあんたら全員、酒臭い！」

イカイカ祭りの正式名称は「姫津《ひめつ》いかイカ祭り」であることを、私たちはその開催地に到着してから知った。相川の町中から車で二十分程度の姫津漁港。年に一度の催しとあって、付近一帯には駐車スペースの空きを待つ車が列を成している。凪さんはその列に加わることなく、港で私たちを降ろして立ち去った。

「じゃ、私はいったん宿に戻るから、帰りてえなったら愛の携帯から電話をくれいや。また迎えに来るわ」

「凪さん、イカ食べていかないの？」

「じつは、私はイカが苦手でやあ。あの匂い、あのぬめり、あの手足……うえ」

確かに、イカ嫌いには苦痛この上ないイベントだろう。港の内海に面した堤防にぎっしりと出店のテントが軒を連ね、その至るところに手を替え品を替え、イカがある。イカの姿焼き。イカのバター焼き。イカの丸ごとポンポン焼き。イカ焼きそば。イカリング。イカめし。イカ汁。イカそうめん。イカカレー。イカの沖造り。イカの塩辛。イカの干物──。いかイカ祭りの名称に偽りなし。四方八方からイカ特有の匂いが立ちこめる中、私は二日酔いであるのも忘れて気を高ぶらせた。大のイカ好きであることを差し引いても尚《なお》、祭りにはどこか人を高揚させるものがある。

広場や神社で催される夏祭りとは一風異なり、海風の吹き荒れる港の祭りには、すかんと冴え渡る青空にも似た明るさと力強い野趣があった。会議用の机を並べた飲食席には額に汗したおじさんや麦藁《むぎわら》帽のおばあさん、地元の青年部といった若者の集団などが隙間なくひしめき、イカをつまみにビールの杯を重ねたり、まったりと和んだりしている。その後方では鉢巻きを締め、派手な半被《はっぴ》を羽織った少年たちが太鼓を叩いている。パイプ椅子を敷きつめた特設会場では見たこともない演歌歌手が聞いたこともない歌を熱唱している。堤防の外れではやはり揃いの半被を羽織った若い衆たちがゴムボールを用いた自作のゲームで小銭を稼いでいる。よく見るとテントの中には駄菓子屋やキムチ屋、明らかにイカとはライバルのタコ焼き屋など、まるでイカとはゆかりのない出店も紛れている。そのすべてを天頂からの太陽がかっと一息に呑《の》みこんでいた。

「いかイカ祭り、最高!」

逸《はや》る思いを抑えて私たちは相談し、この祭りは三度目という愛の提言で、まずはイカそうめんから手を出すことにした。市場の一角で漁師のおじさんが自ら捌《さば》いてくれるイカそうめん。無論、陸揚げされたばかりの新鮮な一品だ。

堤防の片隅に無造作に配置された机の一つが空くのを待って、イカそうめんと生ビールをそこに載せ、パイプ椅子に腰かける。今朝、目覚めたときはまさか自分が一時間半後にまたビールを飲んでいるとは夢にも思わなかったが、ひとたびイカそうめんを手にしてみると、やはり空いているほうの手で泡の出る冷たいものをきゅっと摑《つか》みたくなるのが人情というものだ。

乾杯、と生ビールをひと飲みし、おもむろにイカそうめんへ目を下ろす。無機質な紙皿の上になんとも艶やかな、透き通るようなイカの肌がある。こくんと喉《のど》が鳴った。

弾力のある一切れを箸《はし》で持ちあげ、醬油《しょうゆ》をつけずに舌の上に垂らす。とろりとした粘りけが、甘味が、噛むに忍びない柔らかな触感が口いっぱいに広がっていく。

「おいしい」

「なにこれ」

「やられた」

　その一口が私たちに火をつけた。

　一瞬のうちにイカそうめんを平らげた私たちは、再び出店を徘徊《はいかい》してあれやこれやと買いあさり、机に戻って一心不乱に食べまくった。イカの姿焼きの香ばしさ。イカリングのジューシーな歯ごたえ。イカめしの餅米《もちごめ》に染み入る奥深いイカエキス。紙皿が空になるたびに、また次なるイカを求めて席を立つ。一番人気は海草やじゃがいもを煮込んだ薄桃色の汁にイカの仄《ほの》かな風味が香るイカ汁で、これはサービス品として無料で振るまわれていたため、私は三杯もいただいた。つきあいきれない、と言い残して姿をくらませた愛は、ふと見ると船着場のあたりで友達らしき男の子たちとちゃらちゃら遊んでいた。

　私たちがようやく箸を置いたのは、問答無用のイカ食いバトルが始まって一時間半も経過したあたりだろうか。箸を置いたというよりも、置かざるを得なかったというべきだろう。もはや一口も入らない。スカートのファスナーをゆるめても尚、締めつけられるように胃が痛い。苦しい。しかし、好きなイカを好きなだけ食べたという充実感はある。

　見上げると、灼熱《しゃくねつ》の太陽は今まさに天頂へ昇りつめようとしていた。ほてった体に潮風が心地《ここち》良い。それが額の汗を撫《な》でると、そこだけが弾《はじ》けるように冷たい。パイプ椅子の上でお腹をつきだし、光る雲を背にしたカモメたちをぼんやり眺めていると、似たような体勢で胃を休めていた妹がつぶやいた。

「夏だねえ」

「ねえ」

「空が高いねえ」

「ねえ」

「来てよかったねえ」

「ねえ」

気前よく相槌《あいづち》を打つ私に、妹が横目で念を押す。

「お姉ちゃん、本当に来て良かったと思ってる？」

「そりゃあ、これだけイカを満喫できれば」

「そうじゃなくって、この島に来て良かったと思ってる？」

目を逸《そ》らしても、瞼《まぶた》の奥にはおぼろに白い太陽の残像が焼きついて離れない。

「うん。良かったと思うよ。なにしに来たのかはいまいちわからないままだけど、でも、楽しかったし、リフレッシュできたしさ」

「そっか。お姉ちゃんもいまいちわからないか」

「結局、お父さんのことではっきりしたのは、お父さんがこの島の人たちからあんまり好かれてなかったってことくらいだね」

「あ、やっぱり？」

「自分が誰かを嫌ってるときって、大抵、その誰かも自分のことを嫌ってるって言うじゃない。お父さんは島全体を嫌ってたわけだから、なかなかこう、厳しいものがあるよねえ」

「だよねえ」

そのとき大きなげっぷが聞こえ、私と妹が同時ににらむと、兄はそしらぬ顔を海へ傾けながら父によく似た目を細めた。

「俺さ、思ったんだけど、親父は単にこの島でうまく生きられなくて、島の連中ともうまくつきあえなくて、それでしょうがなく上京したのかもしんねえな。でも、それじゃ身《み》も蓋《ふた》もないから、ヤスがどうの、暗い血がどうのって、もっともらしい理由を作って、恰好《かっこう》つけてたのかもしんない。ヤハギさんとの浮気だってさ、ほんとは男としてもうひと花咲かせたかっただけで、勃《た》つもんも勃たなくなる前にもう一発やっておきたかっただけで、それをいろんな理屈こねて自分をごまかしてただけかもな」

私はぼうっと兄の横顔を眺めた。確かに身も蓋もなさすぎて、どう返せばいいのかわからない。

「それ、ありえるかも」

そのとき、妹が言った。

「もちろん、それだけじゃないとは思うけど……私たちをあれだけ厳しく育てたり、あれだけ堅物を貫いて生きたりは恰好だけじゃできないと思うけど、でも、お父さんがヤスや暗い血をどこかで言い訳にしてたところがあるのは本当かも」

「言い訳?」

「自分のダメなところから目を逸らすための言い訳。たとえば私が自分に色気のないことか、男の人とうまく話ができないこととかをぜんぶお父さんのせいにしてきたみたいに。ストイックすぎる親に育てられるとこうなるんだって、心のどこかで居直ってたんだ。ほんとは自分に自信がないだけなのに」

「それ言われると俺もかなりつらいところがある。なんでもかんでも親父のせいだって、さんざんぼやいてきたもんなあ」

兄が苦笑し、ビールの残りを膨れあがった胃に流しこむ。

「じつはこの前、俺、五つも下の彼女にすげえ罵倒《ばとう》されたばっかでさ。親父のせいで俺の人生が狂ったとか、またいつもみたくぐちぐち言ってたら、いい年こいて自分の人生を親のせいにすんな、二十代の半ばも過ぎたら自分のケツは自分でぬぐえ、って。あれは、こたえたなあ」

ぐさっと来た。

「こたえるねえ、それ」

つぶやくと、となりで妹も「同感」とうなずく。

「それだけじゃないぜ。誰だって親には恨みの一つもあるけど忘れたふりをしてるんだ、親が老いて弱っちくなるのを見てしょうがなく許すんだ、それができないでこれからの高齢社会をどうすんだ、みみっちいトラウマふりかざして威張ってるんじゃねえって、それはそれはひどい罵倒だったんだ」

「こたえるねえ」

「こたえる、こたえる」

「だろ」。兄は吐息し、そして破顔した。「じつは、その彼女と結婚することにした」

「え」

「ええっ」

私たちは同時に身を起こした。

「結婚？」

「ここに来る直前、彼女が妊娠してることがわかったんだ」

こんなにも照れくさそうな兄の顔、それでいてどこか誇らしげな顔を見たのは初めてだった。

「次の春には生まれてる。そしたら今度は大人数でまたここに遊びに来ようぜ、おふくろも連れてさ」

兄が結婚する。新しい命の父になる。ああやはり、と私は潮風を大きく吸いこみながら思った。父には悪いが、死んだ人の話よりもこれから生まれる人の話のほうが、ずっと心が盛りあがる。

私と妹は顔を見合わせ、ひゃーっと歓喜の声をあげた。

「いつ入籍？　いつ誕生？」

「相手はやっぱりあの車の持ち主の彼女？」

「芸能プロのスカウトマンやりながらソムリエ教室に通ってる彼女？」

「罵倒とプロポーズはどっちが先？」

息せき切って質問攻めにしているうちに、私は興奮が高じて立ちあがった。

「私、やっぱりイカカレー、買ってくる」

「ええっ」

「イカカレー食べながら、もう一回、乾杯しよう」

「無茶な……」

勢いにのって駆けだした私だが、確かに無茶な試みであったことが間もなく判明した。イカカレーの屋台まで行きつく前に、まるでダムの決壊さながらに胃が溢《あふ》れ、喉元《のど》へとせりあがってくる激流を感じたのだ。今の自分に必要なのはインプットではなくアウトプットなのだと唐突に思い知らされた。

口を押さえて人込みを離れ、幾十もの集魚灯を掲げたイカ釣り漁船の連なる船着場をすりぬけて、人影のない防波堤へと急いだ。いかイカ祭りの賑《にぎ》わいから内海を隔てて遠ざかったその先端にしゃがみこみ、眼前の澄んだ海水に顔を突きだして、嘔吐《おうと》した。

いくらでも吐けた。胃の中のものがそっくりこみあげてきた。食べたばかりのイカも、夕べの酒もご馳走《ちそう》も、もしかしたら昨日のB定食までもが逆流しているのではないかと思えるほどに、私は激しくすべてを吐きだした。吐いて、吐いて、吐いて、空っぽになってようやく顔を起こすと、うっすらと雲に巻かれた太陽には虹《にじ》のような暈《かさ》がかかり、その光彩の美しさ、まるで祝福のような神々しさに打たれて潤んだ瞳《ひとみ》を見開いた私は、そのときなぜだか急に、それでいて確信的に、生きるということの尻尾《しっぽ》を摑《つか》んだような気分になったのだ。

愛しても、愛しても、私自身はこの世界から愛されていないような、そんな気が心のどこかでいつもしていた。

受けいれても、受けいれても、私自身は受けいれられていない気がしていた。けれどもそれは私が父の娘であるせいではなく、ヤスの孫であるせいでもなく、ましてやサトミさんの子孫であるせいのわけもなく、自分自身のせいですらなく、なべて生きるというのは元来、そういうことなのかもしれない、と。

誰の娘であろうと、どんな血を引こうと、濡《ぬ》れようが濡れまいが、イカが好きでも嫌いでも、人は等しく孤独で、人生は泥沼だ。愛しても愛しても愛されなかったり、受けいれても受けいれられなかったり。それが生きるということで、命ある限り、誰もそこから逃れることはできない——。

「泣いてるの？」

背後からの声に振りむくと、不安げな顔の愛がいた。

「違う、違う。吐いてたの」

「汚いなあ」

「すぐに魚が食べてくれるよ」

「その魚を私たちが食べる。それが食物連鎖ってものでしょう。やっぱり汚い。世界は無駄なくできてるね」

私はもう一度だけ光の暈を見上げ、すっと立ちあがった。

「行こっか。男の子たちはもういいの？」

「うん、あの中に本命はいないから。もう帰る？」

「うん、イカカレー食べたら帰ろう」

「やめなって！」

私たちは笑いながらいかイカ祭りの喧噪《けんそう》の中へと戻っていった。


別れはやはり少し寂しい。

港まで迎えに来てくれた凪さんの車で仁科館へ引き返した私たちは、七代目の薦める日帰り温泉でひと風呂《ふろ》浴びてきた後、山椒《さんしよう》の間で皆とお茶をしながら兄の結婚話にひと花咲かせ、タイムリミットの訪れとともに荷物をバンに詰めこんで両津港へと出発した。

あっという間の三日間。結局、父のことなど何もわかりはしなかったなあと、車窓からの海を名残惜しく眺めながら改めて思った。父が暗い血を本気で恐れていたのか、それがただの言い訳にすぎなかったのかは、畢竟《ひっきょう》、父本人にしかわからない。それを私たちの手で追及するには、なにぶんにも島が暑すぎたし、眩《まぶ》しすぎた。

どんな宝石も敵《かな》わない無限カラットの青い空。海の向こうから襲い来る巨人のような入道雲。天から注ぐ玉響《たまゆら》の光を弄《もてあそ》ぶ水面。陽炎《かげろう》に霞《かす》む船影。いよいよ色濃く映え渡る草木の緑。赤。白。黄色。香《かぐわ》しき原色の花々。くちばしを天に掲げさえずる鳥たち。舌をだらりと垂らした犬。熱風。容赦のない陽射しに目を細めて道を行く人々——。

この島にあるのは、つまりはそういうものたちで、遠い日の父の影ではない。三十余年前に上京した父がこの島を忘れていたように、この島だって父のことなどとうに忘れている。それでいいと思った。私はそれ以後の父を、少なくともここにいた頃よりはマシな人生を求めて上京し、成敗《せいはい》はともあれ尋常ならざる奮闘をくりひろげた父の姿を、今も時おり迸《ほとばし》る憎しみもろとも胸に抱えて生きればいい。

「次はお嫁さんも、赤ん坊も一緒にな。もちろんお母さんも。約束だぁや」

両津港までの道すがら、凪さんは幾度となしにまた遊びに来るようにとくりかえした。

「じつはさっき家を出る前にフミちゃんから電話をもろうてな、大事なことを忘れとったってあの人、大騒ぎしとんのんや。たらい舟よりも朱鷺《とき》よりも、まずは先祖の墓参りだった、って。言われてみればその通りだよねえ。私もお墓のことをすっかり忘れとった。まあ、また来いってご先祖さまが言っとるってことだな」

「お母さんの天然ボケがひどくなったってことじゃないの」

愛の憎まれ口を聞くのもこれまでと思うと清々《すがすが》しくも物寂しいものがある。

港の汽船のりばに到着すると、私たちは出会ったときと同じ改札口の前で別れた。頑として宿代を受けとろうとしなかった凪さんに感謝を伝え、またの訪問を約束し、最後に「今度会うときはもう高校生だね」と愛に声をかけると、「どうだかねえ」と拗《す》ねた返事が戻ってきた。彼女は最後まで私の顔を正視しようとしなかった。

——いや、違う。やや下に傾いた愛の目線に改めて注意を向けた私は、最後の最後でようやく彼女が何を見ていたのかを悟ったのだ。

「これ、あげる」

三日間、胸元に垂らしていたネックレスを外し、愛の前に差しだした。

優しげなミント色をしたまん丸いペンダントヘッド。やはりこれが気になっていたらしく、愛は珍しく素直に嬉《うれ》しそうな目をして受け取った。

「いいの?」

「うん。ヘミモルファイトっていうちょっと珍しい石でね、強いパワーがあるって言われてる」

「パワー?」

「これをつけてると悪霊が逃げたり、集中力がアップしたり、優しい気持ちになれたりするんだって」

「お姉ちゃん、中学生を騙《だま》しちゃいけないよ。そんな安っぽい石にそんな力、ありっこないじゃん」

妹の横槍に愛は一瞬、むむっと顔をしかめたものの、すぐに気を取りなおして私の顔を見た。

「大事なのはこの石の価値とか、力とかじゃなくって、これをしてれば何かいいことが起こるかもって、わくわくできることなわけでしょ」

そのまっすぐな瞳にこくんとうなずき、私は佐渡を後にした。

三　章

どんな旅行でもそうであるように、帰りの道のりは行きよりも遥かに遠く感じられた。たった一時間の海路でさえも長かった。時速八十キロのジェットフォイルでも遅かった。旅疲れもあった。胃痛もあった。けれど何よりも私は、つい三日前に失恋気分で後にした東京を早くも恋しがっているのだと、新潟から乗りこんだ新幹線の車窓から次第に灰色がかっていく景色を眺めながら気がついた。

高層ビルに塞《ふさ》がれた空。排気ガスと雑踏のうずまく街。信号だらけのアスファルト。どの角からも海は見えない。獲《と》れたてのイカもない。それが私の故郷で、これからもそこで生きていく。そのごく当たり前の現実を当たり前のこととして再び受けいれている自分がいた。

朝霞の狭苦しいアパートを思うと、妙に胸が安らいだ。

あのエアコンもないじめっとした部屋で早く一息つきたかった。

無性に達郎と話をしたかった。

それでも、二泊三日を共に過ごした二人と別れるときには、ちょっとおかしな感じがした。

「じゃあな。また連絡すっから、今度こそマジで親父の一周忌のこと決めようぜ」

「うん。お兄ちゃん、せっかくだから彼女も一周忌に連れておいでよ」

「そう、そう。どうせならその日、一緒に結納もやっちゃえば？」

「お、いいかもな、それ。前向きに考えとくよ。おふくろによろしくな」

「うん。孫のこと話したらお母さん、きっと跳びあがるよ」

「ショック療法だな」

「私からもお母さんによろしく。あと、お父さんの写真、お願いね」

「OK、ちゃんと渡しとく」

東京駅の構内でそれぞれの路線へと散開した。笑顔で別れたのに、何かが足りないような、心の皮をくいっとつねられるような感触が尾を引いて、この懐かしいような珍しいような気持ちはなんだろう、なんだろうと考えながら夜の山手線に揺られていたら、上野で大勢の人が降りたあたりでようやく思い出した。これは、家族と離ればなれになるときの気持ちだ、と。

変なことを思い出してしまったせいか、ますます達郎に会いたくなった。結局、達郎への気持ちは三日前と何一つ変わっていない。私は未練をたらたらと引きずりながら旅立ち、旅先でもそれをたらたらたらたらと引きずり回して帰ってきただけだった。

池袋で山手線から東武東上線に乗り換え、さらに成増《なります》で急行から各停へ。朝霞駅からアパートまで徒歩十五分の道のりを早足で十分に短縮した。

そのくせ、いざ部屋のドアを前にしてみると急に腰が引けて硬くなった私を、達郎はいつもと変わらない調子で出迎えてくれた。

「おかえり」

「ただいま」

おかげで鼓動も収まり、私はすんなりと玄関をくぐることができた。

いつもの匂い。いつもの色調。いつもの湿気。たとえここで暮らすのがあとしばらくとわかっていても、どうしようもなく心が弛緩《しかん》し、安らいでしまう。

「達ちゃん、夕ご飯もう食べた？」

「ああ、五時頃、軽くパン食った」

「じゃ、ちょっと小腹が減った頃だよね。おみやげあるから、温めるよ」

「じゃ、軽く焼酎《しようちゆう》でも飲みますか」

佐渡の汽船のりばで買ったイカめしの真空パックを私が湯煎《ゆせん》で温めているあいだ、達郎は焼酎の水割りセットを用意してくれた。

「お、イカめしか。うまそうじゃん」

「うん。達郎、ぜんぶ食べてね」

「けどあんた、イカ大好物じゃなかったっけ」

「そう。でも今日だけはなんとなく、こう、イカっていうよりも、肉っぽいものが食べたいような……」

達郎は私とイカめしを見比べて「一体、両者のあいだに何が？」という顔をしてから、さっと腰を浮かせた。

「待ってろ。冷蔵庫に確か、イシイのおべんとクンミートボールが入ってた気がする」

達郎が湯煎で温めてくれたミートボールがイカめしの横に並ぶと、私たちはようやく腰を落ちつけて乾杯をした。

「で、どうだった？　佐渡は」

「うん、良いところだったし、親戚《しんせき》も大体良い人たちだったよ」

「お父さんのこと、気持ちの整理ついたか？」

早くも核心に踏みこまれ、私はミートボールをことさら丹念に咀嚼《そしゃく》しながら、どう言うべきかと思案する。ありがとう、おかげで心の整理がつきました。親戚の人たちに会って話を聞いたら、お父さん自身もでたらめな親のもとで悲惨な少年時代を送ったことがよくわかって、霧が晴れるように心のわだかまりが消えてなくなったのでした。そんな締めくくりが雰囲気的には一番しっくりくるような気がする。でも――。

私は達郎に言った。

「時間がね、いろんなものを風化させてたの。お父さんのことを考える良い機会にはなったけど、だから、そんなにはっきりした心境の変化はなかった」

「そうか」

「頭で考えるのと気持ちとは別だし、私、まだしばらくはお父さんのこと、引きずりそうな気がする。これから先、どんなにふっきれても、お父さんをすごく好きになるってことはなさそうだし」

「うーん」

「でもね、思ったの。時間さえかけたら、そんな胸のしこりだって風化できたかもしれない、って。お父さんがもっと長生きして、お互い年をとったら、和解もできたかもしれないし、ちょっとは好きになれたかもしれない。パラソルの下で一緒にビールだって飲めたかもしれないのに、死んじゃうって、惜しいことだなって」

達郎は手にしていたグラスを置いて私の左肩に手を載せた。

「上出来じゃん。行って、良かったな」

その言い方がまるで何かのコーチのようだから、私はおかしくて笑ってしまう。笑いながら今のうち、一緒にいられるあいだにこれだけは伝えておきたいと思っていたことを口にした。

「達ちゃん、聞くだけ聞いてくれる？」

「なに？」

「私ね、自分が普通にセックスできないことに、ほんとはすごくコンプレックスを持ってたの」

「うん、知ってたよ」

「知ってた？」

「ああ」

なにを今さら、とでも言いたげな達郎の反応に拍子抜けをしながらも、私は気を取りなおして「でも」と続けた。

「でも、本当は違うのかも。私が今まで恋人と長続きしなかったのは、体よりもむしろ心のほうの問題だったんじゃないかって、なんか急にそんな気がしてきたんだ。私はぜんぶをセックスのせいにしたり、ひいてはお父さんのせいにしてきただけなのかも、って」

「うん、それも知ってたよ」

「え、それも？」

「だから俺、いつも言ってるじゃん、セックスなんて別になんぼのもんでもないって。けどあんたはいつもそこにこだわってたし、変に負い目を持ったり、気負ったりしてた。そういうのって、男にしてみると逆に重いんだよ。男だってさ、何年も同じ女と居ればどうせじきに勃《た》たなくなるもんなんだから、お互いさまってくらいの適当な気分でいてくれたほうが、楽なんだって。世間はもっとカップル間のセックスレスに寛容になるべきだって、多くの男は思ってると思うぜ」

「はあ」

こと性の問題に関しては、男と女はどこまでもわかりあえないようにできているのかもしれない。何かが違う。私が長年抱いてきた空虚感を、この人は本質的に何一つ理解していない。私はあまりにもあっけらかんとした達郎への違和感を禁じ得なかった。が、しかしそんな本質を理解して労ってもらうより、何も考えていない阿呆面で「お互いさま」と言われるほうが、確かに楽といえば楽だし、救われるような気もしないではない。

「惜しいなあ」と、私は気を取りなおして達郎に言った。「私だったら、達郎がいつ勃たなくなってもOKなのに。達郎となら一緒にこうして晩酌をしたり、くっついて寝たり、池袋をぶらぶらしたりするだけで十分楽しいし、幸せなのに。今まではね、そんなふうに思ったこと全然なかったから、誰かと一緒に暮らすのってこんなに良いことだったんだって、達郎と出会って、すごくびっくりした」

我ながら往生際が悪いと思いつつ、甘い声に未練を忍ばせてみる。

「ねえ、達ちゃん。新しい彼女に勃たなくなったとき、ちょっとだけそのこと思い出して、ちょっとだけ私を惜しんでね」

「……」

達郎は無言のうちにグラスを手にして立ちあがり、キッチンの隅へと身を翻してしまった。冷凍庫から氷を出してグラスに補充し、再び私の前に戻ってあぐらをかく。

その口から、思いがけない言葉が飛びだした。

「今度の土曜日、海に行こうか」

「海？」

私はしばし硬直した。

「行きたいけど、でも、彼女は？」

「終わった」

「え」

「ふられた感じだ」

いかにも面目なさそうな声を出す。

「野々が佐渡に行ってるあいだ、やっぱりっていうか、一応っていうか、彼女に会ったんだ。けど俺、どうも煮えきらないっていうか、自分でもどうしたいんだかよくわかんなくなって、いなきゃいないで妙にあんたのことが気になったりもしてさ。たった二日でこうなのに離れて暮らしたらどうなるんだろうとか、やっぱあんたといるのが一番楽しいかもとかうだうだ考えてたら、そんな男はこっちから願いさげだって……。あっけないもんだったよ」

「はあ」

「そもそも安定を求めて女を選ぶってこと自体、男としてふがいないんじゃないのって言われてさ、返す言葉もなかった」

なんともはや。私はあっけにとられて絶句した。私の留守中、達郎が彼女に会うのは目に見えていたものの、まさかこんな展開が待ちうけていようとは。

「てことは、私たち、別れなくていいの？」

恐る恐る、といった調子で尋ねると、達郎はひどくバツの悪そうな顔をして、

「虫の良い話だっていうのはわかってる。いろいろいやな思いさせてほんと悪かったと思うけど、野々さえ良かったら、俺、やっぱりこれからも一緒にいたい。それがこの三日間の結論なんだけど」

「でも……私、結婚とか、子供とか、お墓とか、やっぱり今はまだ考えられないけど」

「それがあんただし、もういいよ。入籍がいやならそれでもいいから、いつか俺が貯めた金を頭金にしてマンション買ったときには、一緒に引っ越そうな」

「あ、やっぱりマンション買う？」

「それが俺だってことも、いろいろ考えてよくわかった。俺も俺で現実から逃げてるとこがあったんだよな。あんたの家族に会おうとしなかったり」

達郎は意を決したように言った。

「例のさ、親父さんの一周忌っていつだっけ」

「十月の二日」

「俺、一緒に行ってもいいか？」

頭の中にいくつもの水玉を浮かせたみたいにぽうっとしていた私は、ようやく少しずつ自分を取り戻してこの思いがけない事態を呑《の》みこみ、胸いっぱいに無尽のハートをちりばめたような多幸感に酔いしれた。

達郎と別れなくてもいい。

これからも一緒にいられる。

いくらでも一緒にご飯を食べられるし、いくらでも出かけられるし、いくらでも寄りそって眠れる。

今、大切なのはそれだけだ。

「達ちゃんのこと、みんなに紹介できるなんて嬉《うれ》しい」

私は達郎の肩に手を載せ、潑剌《はつらつ》と言った。

「私の家族、いろいろ問題あるの知ってると思うけど、それでもみんなと仲良くしてくれる?」

「そんなのはどうってことないよ。今まで言ったことなかったけど、じつは、うちの家族もだいぶ問題あるし」

「え」

「うちの親父、俺が十歳のときに桃源郷を探すとか夢みたいなこと言ってチベットに旅立って、まだ帰ってこないんだ」

「ええっ」

「俺もそのうちそうなるのかと思ってたけど、やっぱ、そうならないことにした。ここであんたと暮らす。結婚してもしなくても、あんたの家族を家族みたいに思うよ」

照れくさそうに言って、一片だけ残ったイカめしの耳の部分を喉《のど》へ押しこむ。それは達郎の喉なのに、なぜだか私の喉までが詰まって、熱くなって、ふいに泣きたい衝動に駆られながら私は達郎の耳に唇を寄せ、「私も、ここを桃源郷みたいに思うよ」と、かろうじて笑った。

拝啓
　突然のお便りで失礼します。

　又、先日は不躾《ぶしつけ》にお仕事先までお邪魔をしてしまい、大変失礼致しました。あの後、頭が冷えていくにつれ、自分のしたことの愚かしさを痛感し、恥じ入っております。

　私は貴方《あなた》にあんなお話をするべきではなかったのでしょう。貴方は何があろうと、どんな事情を抱えていようと、柏原さんのお嬢さんなのですから。冷静に考えればその程度の分別はわきまえて然るべき処を、しかし、冷静さを欠いていた私には自分を抑えることが出来ませんでした。

　お許し下さい、とは申しません。こうしてお便りを差し上げるのも、一方的な謝罪による自己満足に浸る為ではありません。

　貴方とお会いして以来、後悔や自責の念が日増しに募っていく中で、同時にとあるもう一つの思いが私の胸を占めていったのでした。私は貴方にあんな話ではなく、もっと他に伝えねばならない重大な事があったのではないか、と。

いいえ、重大というのはおおげさで、実際には他愛《たわい》のない話かもしれません。柏原さんの人生全体からしてみれば、遠い過去の小さな一点に過ぎないのでしょう。けれど私にはその点が長く頭にちらついていて離れないのです。

娘さんの貴方なら御存じでしょうが、柏原さんは滅多にご自身のお話を口にされない方でした。社内でもプライベートな席でも専ら聞き役で、他人の感情もご自身の感情と同様、理性的に処理しようと努めていらっしゃるのが窺《うかが》えました。ぶれのない、頼りになる上司でしたが、何処か人間味に欠けているとの声もあったのも事実です。

しかし私は密《ひそ》かに、柏原さんは心の深奥にロマンティックなものを秘めていらっしゃる方なのではないかと勘ぐっていたのです。なにせお名前が「大海」さんですし、お嬢さんには自ら「花」さんと命名されたと伺いましたし。日本海の離島に育ったという生い立ち自体、田舎を持たない私には一種のロマンとして映っていたのでした。

無論、柏原さんはロマンティックなお言葉など断じて口にはされませんでしたが、たった一度だけ、柏原さんご本人から意外な思い出話を伺ったことがあります。

恋文のお話でした。

柏原さんがかつて初恋のお相手にしたためたという恋文です。

そのお話を柏原さんから伺ったのは、柏原さんの亡くなる数週間前の夜でした。高校時代に一度だけ恋文を書いたことがある。しかし渡せなかった。何故だか突然、柏原さんはそんなお話を口になさったのです。普段は昔話を避けていらした柏原さんがご自分から過去の事を口にされたのが嬉しくて、それはどんな相手か、何故手紙を渡さなかったのか、などと私は執拗《しつよう》に問いました。

お相手は同じ高校の同級生だったそうです。初恋といっても胸に秘めるだけの一方的な思慕に過ぎず、高校卒業の直前に一度だけ二人きりで出かけたのが唯一の思い出だと仰《おっしゃ》っていました。観光名所でもある故郷のなんとかという山に登ったそうです。亀の甲羅のような形をした山で、勾配《こうばい》は険しく、何度も彼女に手を差しのべようとしたけれどもそれさえ出来なかった、と。

勇気がなかったんですね、今では職場の部下にも大胆に手を出しているのに、などと私が皮肉を込めた軽口を叩《たた》くと、柏原さんは否定はなさりませんでしたが、それだけでもないのだと仰いました。そういう単純な話でもないのだ、と。既に東京の大学への進学が決まっていた柏原さんはひと月後に島を去る運命にあり、その後は二度と故郷へ帰らないと決めていた。二度と会えないとわかりきっている相手と手を繋《つな》いだりするのは破廉恥な行為であり、無責任の極みだとお考えになったのだそうです。

柏原さんらしいですね。結局、その日はただ山へ登って下りてきただけで、柏原さんは後日、そのような複雑な心の葛藤《かっとう》を恋文に綴《つづ》ってみたものの、それさえも彼女を当惑させるだけとお考えになって、渡すのを思い留《とど》まられたそうです。

そのお手紙を、柏原さんは今も手元に残していると仰いました。男とはかくも未練がましい生き物だと笑って仰いました。自ら望んだ生き方をして、自らの望みを家族にも強いて、それでもついてきてくれる理想的な伴侶《はんりょ》と安穏な日々を送っていても、自分の前から去ったものの事が心から離れない。とうの昔に切り離し、諦《あきら》めたつもりでいたものたちへの執着に今になって囚《とら》われ、激しく胸を締めつけられる。率直な話、五十を過ぎてひどく人恋しくなったのだと、恥ずかしそうに仰いました。そこを暗い血につけこまれたのかもしれない、と。

とうの昔に切り離し、諦めたつもりでいたものたち……当時の私は、それを単純に初恋の方のお話として受けとめておりました。時折、柏原さんがひどく寂しげに見える理由を少しだけ垣間見《かいまみ》た気もしました。が、しかし柏原さんの死後、一度もお話を伺ったことのない野々さんの存在を知った時、そしてその貴方の口から柏原さんとの確執を知らされた時、私は柏原さんの寂しさの原点に触れた思いがしたのです。

無論、赤の他人である私には、貴方のご家庭の事情は解りません。そこに立ち入る権利もなければ、口出しをする資格もありません。それを重々承知した上で、それでも猶且《なおか》つ、心情的に、二人のお子さんと義絶したまま亡くなられた柏原さんがひどくお気の毒に思えたのです。

しかも貴方は、何と申しますか、冷淡ともとれる平静さで柏原さんのことを口にされていた。父親を亡くしてまだ一年も経たないというのに、娘さんの貴方はひどく軽々と、楽しそうに生きているように見えました。似たように軽々とした人々から恋のカリスマキューピットなどと呼ばれ、死んだ父親のことなど綺麗《きれい》に心から切り離して。

父親の性の問題さえも淡々と口にされる貴方を、或《あ》るいは、私は掻《か》き乱してみたくなったのかもしれません。そんなに涼しげな顔をしないで欲しい。柏原さんの為に少しは心を乱して欲しい。夕暮れの井の頭公園を貴方と歩きながら、私の胸中にはそんな思いが次第に膨れ上がっていきました。が、最後の最後でようやく貴方の乱れるのを見た時、私の中に残ったのは苦い後味だけでした。

悪趣味なことをしました。御免なさい。しかしどうか柏原さんのお心に、過去へ置き去ったものたちへの猛烈な未練が、執着が最後まで宿っていたことだけは信じて、忘れないでいただけたらと思います。

もう一つ、貴方にお伝えすべきと思われる気になる事があります。どうしても捨てることの出来なかったというその恋文を、柏原さんは書斎の本棚の奥に隠していると仰いました。私との情事に用いた避妊具と同様、奥様の目に触れては困るものは皆同じ箱の中に収めてある、と。それが事実なら、奥様は避妊具を発見された時、その恋文も同時に見つけてしまわれたのではないでしょうか。柏原さんの体の秘密と、心の秘密を、一時に。

恋文には別段、強い恋情が綴られていたわけではなかったようです。一緒に山に登って楽しかった、その頂から見渡した夕映えの海が美しかった、もうじき自分はあの海を越える、そうするともう君と会えなくなるのは悲しい、けれども僕は新しい人生をどうしてもこの手で切り開きたい、切り開かねばならないのだという決意を胸に眺めたあの海を永遠に忘れない……まるで小学生の卒業文集のようだったと苦笑されていました。

柏原さんが実際にその手で切り開かれた新しい人生の中で巡りあわれた奥様は、一体、そのお手紙をどんな思いで御覧になったのでしょう。未婚の私には測りかねる問題ながら、長く心に引っかかっていました。亡き夫が使用していたと思われる見覚えのない避妊具、そして三十余年も前にしたためられた他愛のない、しかし真摯《しんし》な恋文。どんなお気持ちになられたのでしょう。

私にこんなことを言う資格などないことは百も承知ですが、どうかお母様を気遣って、大事にして差しあげて下さい。自分には勿体《もったい》ないほどに賢く、大きな心を持った女性だと、柏原さんがいつも奥様のことを自慢げに仰っていました。

長い手紙になってしまいました。そろそろ筆を置きますが、最後に、もう二度と貴方に手紙を送りつけたり、職場へ押しかけたりしないことをここにお約束します。

私は今年の末を以て今の会社を辞め、とある職に就くための勉強を始めるつもりでいます。柏原さんにも生前、応援していただいていたにもかかわらず、長く心が遠のいていました。今度こそ、故郷の山で再出発を誓われた柏原さんのように、強い心でやり遂げたいと決意を新たにしています。

野々さんもどうかお元気で。正直な話、最初は恋のカリスマキューピットだなんてどんな人格破綻者《はたんしゃ》だろうと訝《いぶか》っておりましたが、あの日の事を冷静に振り返るにつれ、そんな感情も薄れて参りました。私とは別種の強さと寂しさをお持ちのようにも思える貴方の、今後のご健闘を今は心よりお祈りしております。

もうじき柏原さんの一周忌ですね。
どうかあの世の柏原さんが寂しい思いをされていませんように。

かしこ

追伸
松元泉さんの消息がわかりました。うちの社員の数名が、彼女から最高級羽毛布団を買わないかと電話で持ちかけられたそうです。さすがに買った人間はいない為、それ以上のことはわかりかねますが、どうやら逞《たくま》しく生きているのは間違いなさそうです。

柏原野々様

矢萩依子

故郷で淡い恋を知り、上京後に生涯の伴侶を得て三人の子を設け、五十を過ぎて肉欲に溺れ若い女に走った男――なんだかんだ言いながらも人生のフルコースをしっかりと謳歌《おうか》して逝ったようにも思える父は今、神奈川県の三浦《みうら》海岸に骨を埋《うず》めている。
「なんでそんな遠くに？」と数年前、妹の成人を機に墓地を購入したとの電話をよこした母に尋ねたところ、「だって、安かったし。それにお父さんがやけに海にこだわるものだから」との声が返ってきた。当時はぴんと来なかったものの、今なら納得できる気がする。父は遠景に海の望める山の中腹に眠っている。

ストーンマートに届いた矢萩さんからの手紙が朝霞のアパートへ転送されてきた次の週、私たちはついに父の一周忌を迎え、その墓前に集合した。

母、妹、兄、兄の彼女、私、達郎、の六人。四十九日よりも賑《にぎ》やかなその面々で墓石を洗い、花を供えて線香を灯《とも》し、寺の住職が唱えるお経に耳を傾けた。

広々として、静謐《せいひつ》で、裏山の木立の唸《うな》りだけが鳴り渡るような墓地だった。春には敷地内に点々と植えこまれた桜の花が咲く。夏には海に花火が打ちあがる。秋には裏山が色づき、冬には雪が降り積もる。ごく平凡な日本の風景が豊かに父を取り巻いている。

「遠いけど、ロケーションはまずまずだな。これからも命日くらいは集まってやるか」

「帰りに海で遊べるしね」

「ほどよく海が見えるけど、お父さんの嫌いなハイレグやビキニまでは見えないっていうのがまた、ちょうどいい距離だよね」

打ち合わせにあれだけ難航したわりに、一周忌の法事そのものはごくすんなりと始まって、終わった。あっけないものだった。皆で父の冥福《めいふく》を祈った後は、再び時間をかけて中井の実家に再集合し、睦《むつ》まやかな宴《うたげ》を行った。

母としてはこちらを本日のメインイベントと考えていたようだ。

「花、タレがなくなっちゃったから、ちょっと作ってきてちょうだい。野々は冷蔵庫にビールを補充しておいて。春日、飲んでばっかりいないでコンロの調節頼むわよ。達郎くん、たっぷり用意したから、お腹いっぱい食べてちょうだい。茂似香《もにか》さんも、そんなに遠慮してしらたきばっかり取っていないで、お腹の子のぶんまでしっかりお肉を食べていってね」

驚いたのは、兄と私が互いの恋人を連れてくることを知ったとたん、ここ一年はめったに台所に立とうともしなかった母が「外食なんて大事なお客さんに失礼だ」とばかりに立ちあがり、自ら我が家でのすき焼きパーティーを発案したことだ。馴染《なじ》みの店に大量のビールや肉を発注し、てきぱきと行事を仕切る母の姿を久々に見た、と妹が感慨に浸っていた。そう、本来は理想主義者の父のかたわらで現実的に家庭を牛耳る頼もしい母親だったのだ。

「しかし、かえすがえすも惜しいよなあ。ほんとは今日、結納といわず結婚式まで一気にやっちまえってノリだったのに、茂似香の親にそれ言ったら、ふざけんなって罵倒《ばとう》されてさ。なにが墓前結婚式だ、冠婚葬祭をひとパックにすんなって、こいつの父ちゃん、怖いんだ。で、年内にどっかで身内だけの会をすることになったから、そのときは頼むぜ、ご祝儀を」

兄は照れているのか私や妹とはほとんど目を合わさず、気がつくとその目線はいつも茂似香さんのお腹に注がれていた。佐渡から帰ってまだふた月余りなのに、しかもまだ生まれてもいないのに、その顔はすでにめっきりと父親めいてきた気がする。

「結婚したら芸能プロの仕事は辞めて、紅茶コーディネーターの勉強でもしよっかなって思ってるんです。ほんとはソムリエになりたかったけど、夜の仕事って子供がいると超大変じゃないですか。紅茶コーディネーターって今、超超人気で、各方面からひっぱりだこって噂なんですよ。春日っちもどんどんチャレンジしろって応援してくれるし、私、マジがんばっちゃいますって。……あ、春日っち、それはお母さんゾーンのお肉だから取っちゃダメ！」

初めのうちは緊張していた茂似香さんも次第に打ちとけ、良い味を出してきた。まばゆい金髪や白いてかてかのアイシャドーに最初は面食らった私も、彼女がつねに母の皿やグラスが空になっていないかを気にかけていることがわかると、兄にはもったいない女性のように思えてきた。

「ううっ、なんか家に二組もカップルがいると、むんむんするよね、熱いよねえ。しかもお母さんまで最近さ、駅前に新しくできた整骨院の先生と、ちょっと怪しいんだよ。この前、その先生が趣味でやってる俳句の会に誘われて、食事までして帰ってきた。あーあ、やっぱ家でじっとしてるよりは病院でもどこでもほっつき歩いてたほうが勝ちってことかな。茂似香さん、誰か良い人いませんか？」

いまだ良縁の巡ってきていない妹は、しかし、以前よりはだいぶ前向きな姿勢で恋愛に臨んでいるようだ。少なくとも佐渡から戻って以来、彼女の服からぱたりと胸元のワンポイントが消えたことに、私はほっと胸を撫《な》でおろしている。

「いやもうね、打つわ守るわ走るわ刺すわで、悪いとこなしっすよ。8対0。8対0ですよ、あの大事な試合でこの圧勝。いやもう本当に嬉《うれ》しいし、酒も美味《うま》いし、この肉もすごく美味いっす。勝利の味っていうんですかね。いけますよ、日本シリーズも絶対に！……あれ、ここの家族は誰も野球に興味がない？」

ややや人見知りの達郎は早いところ酔ってしまうことにしたらしく、前半からかなりのハイテンション。その前夜に中日が優勝を決めたこともあり終始ご機嫌で、倹約家にしては珍しく母へのプレゼントのスカーフまで用意してくれた。

「ええっ、ウルトラスーパーモデルのジュンヤって、茂似香さんがスカウトしたの？すっごーい、私、大ファンなんです。茂似香さんって慧眼《けいがん》……なのになんでうちのお兄ちゃんを選んだのか謎だけど」

まとまりのないなりに宴は盛りあがり、深夜近くまで私たちはすき焼きの鍋《なべ》を囲んで飲み続けた。築二十五年の木造二階建てがあんなにも賑《にぎ》わったのは初めてのことだろう。父がいたら遥かに堅苦しい会になっていたはずだが、そもそも父がいたら一周忌の集いなどは存在していない。父がいたら兄のできちゃった婚なども許さなかったろうし、私だって結婚の予定もない恋人を紹介したりはしない。つまり皆がこうして和気藹々《あいあい》とやっていられるのは父がいないからであり、それは父の死の良い側面として正当に評価すべきではないか。と私が思うままに口にしたところ、「一周忌の夜に何を言う」と妹を始めとする全員から猛烈なブーイングが飛んできたものの、皆はすぐに私の失言など忘れてまたわいわいと飲み続けるのだった。

最初にダウンをしたのは達郎だった。前半の飛ばしすぎが響いたと見えて、何の脈絡もなしに突然、座卓にぱたっと伏して寝息を立てはじめ、それを合図のようにして私たちはバラけた。妹は台所の後片づけに取りかかり、私と母は泥酔状態の兄を茂似香さんが例の赤い車で連れ帰るのを手伝った。大丈夫だ、俺が運転する、任せとけ、などと言いはる兄をなだめすかして助手席に押しこみ、シートベルトで固定する。

「茂似香さん、こんな息子だけど、どうかよろしくね」

「ばりばり任せてくださいって」

母は昨今稀《まれ》に見る柔らかな表情で、二人の乗った車のテールライトを見えなくなるまで見送っていた。

居間へ戻ると、達郎はあいかわらずの夢の中。いくら呼びかけてもびくともしないため、やむをえず客用の布団を敷いて横たわらせた。とたん、達郎はますます豪快ないびきまでかきはじめ、私はその耳障りなノイズから逃げるように、なんとはなしに庭へ出た。

この一年間、時が止まっていたかのような我が家で、恐らくはもっとも甚だしい変化を遂げた庭。一時は放逸を極めた植物たちも、秋の訪れとともに少しは猛威を鈍らせた気がするが、それは私がこの状態に馴染んだだけのことかもしれない。というのも今日、初めてこの庭を目にした達郎は明らかにぎょっとしていたから。

しかたない。私は鉄門に近い草ぼうぼうの一帯にしゃがみこみ、自分の胸にも届きそうな雑草を両手でむんずと引き抜いた。ぽこ、と土を盛りあげて雑草は根っこから抜け、それはちょっと面白い感触でもあって、次第に本腰が入ってきた。

まだ生暖い初秋の夜夜中《よるよなか》、無心に草むしりを続ける私の足下に引き抜いた草の山ができ、門の周りがだいぶすっきりしてきたあたりで、背後から母の声がした。

「どこに行ったのかと思ったら、そんなところにいたの。そんな暗いところで、草むしりなんかして」

「誰かが始めないと、永遠にこのままでしょ」

「そう、どうにかしなきゃって、私も思ってたんだけど」

つっかけを履いて歩みよってきた母は、私の草むしりを手伝うでもなく縁側に腰かけた。

「良い子じゃないの、達郎くん」

「うん」

「自然体で、気取っていないところがいいわ。あなたにはああいう質朴な人がいいのよ」

久しぶりに母親らしいコメントを聞いた。

「そういえば野々、あなたまた仕事を変わったんですって？」

「うん。ていうか、正確にはまだ変わってはいない。辞めただけで」

「次のところは決まってないの？」

「知り合いが声をかけてくれたんだけど、でも、今回はちょっと慎重に考えてる」

私の身のふりかたについては美紀さんもそれなりに気にかけてくれていたらしく、今度、友達が駒沢《こまざわ》にペット専用のアロマヒーリングサロンをオープンするから手伝ってみないか、と持ちかけてくれたのだ。日々飼い主の癒《いや》しを強いられる犬猫にこそ、今や癒しの必要な時代——、というコンセプトの新商売らしい。アロマヒーリングなんて海のものとも山のものともつかないところが面白そうだし、犬も猫も好きだし、タイミング的にもばっちりだし……と一も二もなく引き受けるのがこれまでの私のパターンだったけれど、今回はいまひとつ気が乗らなかった。これから自分が何をやっていきたいのか、一度くらいは腰をすえて考えたってバチは当たらないと思ったのだ。

「まあ、いいわ。あなたの人生だし。不幸にさえならないでくれたら、あとはもう好きにすればいい」

以前はどうにかして私を堅気の職に就かせたがっていた母も、今ではすっかりあきらめ、居直っているらしい。

「お母さんも、この頃、病院通いが減ったんだって？」

「減ったわけじゃないのよ。整骨院へ行く回数が増えたぶん、ほかへはあんまり行けなくなっただけで」

「整骨院をエンジョイしてるんだね」

「そうねえ。生きているんだもの、楽しくやらなきゃって、ようやく最近、思えるようになったのかしら。お母さんも好きなことをやって、今生の思い出をたくさん作って、あの世のお父さんに見せつけてやらなきゃ」

「そう、そう。そうでなきゃ」

私は草むしりを中断し、手についた土を払いながら母のとなりに腰かけた。

「お父さんのこと、少しは気持ちが落ちついた？」

「あなたが佐渡から持ち帰ってくれたあの写真、遺影の横に飾ってね、毎日眺めていたら、憎めなくはなってきたわ。だってあまりにも貧相で、パッとしないんだもの。お父さん、きっと子供の頃からまじめ一本で生きてきたのよね。自分をひたすら律して、楽しいことから目を背けて、他人にまでそれを押しつけて疎まれて、心を解放させてくつろぐことも知らずに……。そんなお父さんが、人生の最後に一度だけ羽目を外した。何があったのか知らないけど、それはきっと神さまのくれたおまけみたいなものだったんだって、そう思うしかないわよねえ」

東京の暗い空を見上げて母が言う。かろうじて微笑んだその唇から、続いてどきっとする言葉が飛びだした。

「そういえば、花から聞いたけどあなたたち、佐渡で山に登ったんですって？」

「え……うん」

「本当にその山、オオノカメって言うの？」

「オオノガメ」

「オオノガメ」

母は飴《あめ》でも溶かすようにその響きを口の中で転がしてから言った。

「その山の、頂上からの眺めを憶《おぼ》えている？」

「んー。海がね、だーんと広くて、果てしなかった気がする」

本当のところ、頂上からの景色など少しも印象に残っておらず、佐渡を思うと頭に去来するのはイカばかりだったにもかかわらず、私はぬけぬけと言った。

「きらきら眩《まぶ》しくて、力強くて、うんと透明だった気がする」

「そう」

「お母さんも見に行くといいよ。来年、一緒に登らない？」

「そうねえ。私にも登れるかしら」

「整骨医の先生と二人三脚で足腰を鍛えれば大丈夫」

「またそんな、親をからかうようなことを言って」

まんざらでもなさそうな母の横顔を眺めて、ほっとした。父が本棚の奥に隠し持っていた体の秘密と、心の秘密――その両者が母をどれだけ傷つけたのか、私にはわからない。母が本当の意味で立ち直るのにまだどれほどの時間を要するのかもわからないし、整骨医の先生が今後新たな傷の火種となる可能性もないではない。しかし少なくとも、今の母は死んだ父に背中を向けていないし、生きている私たちとも向かい合おうとしている。

「お母さん」

「はい？」

「長い一年だったね」

つぶやくと、母は絶えていた笑い皺《じわ》を目尻《めじり》に深く刻んだ。

「そうね。これからもまだまだ、長いわねえ」

結局、達郎は復活ならず、その夜はそのまま泊まっていくことになった。実家に泊まるのは五年ぶりで、しかもそこには達郎もいて、誰に対してか私は変に照れくさい気分で落ちつかず、結局、少しも眠れないまま夜を越え、朝を迎えた。

どこからか葬送行進曲が聞こえてきたのは、重厚なブラウンのカーテン越しに燃えるような朝日の気配がうかがえはじめた頃だ。ああ、電話か。家族の誰からだろう。私は枕元の携帯に手を伸ばしかけて、はたと気がついた。ピアノだ。これは着信メロディではなくてピアノの音色だ。隣室の母が久々にアップライトを奏でている。父の生前から彼女がもっとも好んで弾いていたショパンのピアノ曲。その重々しくも軽やかな、美しくも哀しい昇天のメロディに耳を傾けているうちに、ようやく私は安らいでまどろみ、気がつくと夢の入口をふらついていた。これは夢だとどこかでわかっているから、完全に寝入ったわけではない。ショパンの旋律もまだ聞こえる。けれどもそこはもうここではないどこかで、私はとても晴れやかな心地《ここち》で独りきり風に吹かれている。遠い海が見える。潮の匂いがする。ああ、ここは佐渡だと直感的に思う。けれども目前にはなぜだか父の墓石があって、私は日傘《パラソル》を右手に、冷たいビールを左手に、そこからの眺めはいかがですか、などと父に問いかけているのだ。

解説　反言語的な「強さ」——森絵都小論

石川忠司（文芸評論家）

以下の文章はネタバレを含むので最後に読んで下さい、とまずことわっておいてから解説をはじめよう。

森絵都の小説の多くは、何ら変哲もない日常、ぶざまでみっともなくも情けない日常があらためて再発見されるというロジックをもっている。いや、この「日常」はあまりにも当たり前すぎて、普段はかえって人の目から隠されているがゆえ、本当は「再発見」ではなく「発見」と言った方がいいのかも知れない。ともあれ本書『いつかパラソルの下で』は、森絵都に特有のそんなロジックが遺憾なく発揮された作品だ。

物語の粗筋は次のとおり。柏原家の長女・野々は今でこそきわめて極楽トンボな生活を送っている——不感症を気にしつつも——けれど、亡き父親からは常軌を逸して厳格に育てられた過去をもつ。異様なまでに堅物であった父親。しかし亡くなってからしばらく経って、生前そんな彼が何と浮気をしていたという事実が発覚するのである。しかも友人には「逃れようとしてきた暗い血に捕まった」と語っていたらしい。動揺する柏原家の三兄妹たち。あの父親が本当に浮気などしていたのだろうか。そして「暗い血」とは一体何のことか。三兄妹は真実を探るべく動き出す……。

普段人に見せている日常的な顔から知られざる心の闇へ。表面的な見せかけからより深く複雑な真相へ。余計な知識をいろいろ頭に詰め込んだ現代人にはすっかりお馴染《なじ》みの道行きだろう。科学は感覚的な現象を物質のさらなる根源的なレベルへと還元していく学問だし、精神分析――とりわけ俗流の――もまた然《しか》り。そこでは意識の底にうごめく欲望や真の願望のたぐいが発見される。立派な道徳の背後に弱者の卑屈なルサンチマンを見出《みいだ》したのはニーチェだったか。しかしこの手の考え方は今やあまりにも人口に膾炙《かいしゃ》しすぎていて、とくに人間の心理にかんしては、真実に近づく効力をとっくに失っていやしないだろうか。森絵都は深く複雑なところに真実を求める道行きの胡散《うさん》くささに感づいている。物語の先を追おう。

父親は佐渡の故郷と完全に縁を切っていたから三兄妹は知らなかったけれど、彼の父親・ヤスはさまざまな伝説をもつ、島でも有名な淫乱《いんらん》男であったという。父親はそんなヤスを嫌いぬいて東京へと出た。すると「暗い血に捕まった」とは、自らの内に蠢《うごめ》くヤス譲りの淫乱な欲望をずっと抑え続けてきたが、ついには我慢できなくなって浮気におよんだという話か。とにかく一度父親の故郷に行って情報を集めてみようと、三兄妹は佐渡へと渡る。

……しかし彼《か》の地で待っていたのは驚くべき真実だ。ヤスはなるほど女ったらしであったにせよ、別に「淫乱」とか「淫蕩《いんとう》」とか言うほどのものではなく、伝説には多分に尾ひれがついていたらしい。彼の行いはむしろ飲みの席とかで笑いとともに語られるいわゆる「武勇伝」のたぐいであり、三兄妹が一頻《ひとしき》り ひっくり返って脱力したのち、長兄の出した結論は以下のとおり。

「俺さ、思ったんだけど、親父は単にこの島でうまく生きられなくて、島の連中ともうまくつきあえなくて、それでしょうがなく上京したのかもしんねえな。でも、それじゃ身も蓋《ふた》もないから、ヤスがどうの、暗い血がどうのって、もっともらしい理由を作って、恰好《かっこう》つけてたのかもしんない。ヤハギさんとの浮気だってさ、ほんとは男としてもうひと花咲かせたかっただけで、勃《た》つもんも勃たなくなる前にもう一発やっておきたかっただけで、それをいろんな理屈こねて自分をごまかしてただけかもな」

ここで森絵都が喝破しているのは、本来なら真実を探求して暴くはずの考え方が、今や真実に近づくどころか、かえって真実を隠すための言い訳として機能してしまっているという、現代に特徴的な事態にほかならない。例えば哲学者のスラヴォイ・ジジェクは、スキンヘッドのネオ・ナチに「なぜ暴力をふるうのか」と尋ねると、彼らはもう嬉々《きき》として「社会的流動性の減少だの、不安定性の昂進《こうしん》だの、父性的権威の崩壊だの、子供時代に母の愛が欠けていただの……、あたかも彼らがソシアル・ワーカーや社会学者や社会精神分析家であるかのように（略）語り始めるのだ」（『いまだ妖怪は徘徊している！』）と言っている。現代人にとって、精神分析的な考え方はすでに意識の中に織り込み済みなので、本物の真実を突き止めるためには、いわゆる「秘められた真実」のさらに先まで突破して行かねばならないわけだ。

すると何とも冴《さ》えない日常的な光景が現れる。三兄妹の父親の場合、それは単に「勃つもんも勃たなくなる前にもう一発やっておきたかっただけ」といった事情であった（ネオ・ナチが暴力をふるうのは、「たんにむしゃくしゃして暴力をふるいたいから」だろう）。要するに現代人にとって耐えられないのは、穢《けが》れた血に宿命づけられているとか不幸な過去を背負っているとか、その手の「文学的」な物語ではなくて、自分がぶざまで平々凡々たる日常を送っているという、人間としてごく当たり前の事実なのである。

しかし右のごとき洞察を、森絵都は現代人に対する注意深い観察だとか社会学の熱心な勉強とかによって得たのではないだろう。冒頭で述べたとおり、「日常」を発見（＝再発見）する彼女のロジックは別に『いつかパラソルの下で』にかぎったわけではなく、そのヴァリエーションはほかの作品においても見られるのである。例えば『カラフル』がそうだ。すべてが嫌になり自殺して、記憶を失ったまま天国に着いた「ぼく」。しかし生まれ変わるための修業（リハビリ）として、「小林真」なる少年の肉体を一時的に借りて生活するよう天使からうながされ、ふたたび現世へと舞い戻るハメにあいなった。所詮《しょせん》他人（小林真）の人生だとタカをくくって暮らしてみると、逆に勇気が出ていろいろな困難を乗り切っていく。

そして修業期間が終わって「ぼく」は記憶を取り戻し、今肉体を借りているだけのはずの小林真こそ実は自殺する前の「ぼく」、すなわち本来の「ぼく」であったと悟るのだ……。あらためて「小林真」に「生まれ変わ」った「ぼく」はもう自殺など考えず、今度は人生のどんな困難でもうまく切り抜けていくに違いない。つまり『カラフル』では「自分が自分である」というごく当たり前の「日常」が発見（＝再発見）されている。

水泳の飛び込み競技に打ち込む少年たちを描いた『DIVE!!《ダイブ》』で、この「日常」に相当するのが「スワンダイブ」だろう。前宙返り三回半抱え型などアクロバティックなものとは異なり、ただ飛ぶだけで観客に飛び込み本来の力強さや美しさ——飛翔《ひしょう》する白鳥のごとき——を見せつける、今では忘れられたもっとも基本的な技。天賦の才をもつが腰を痛めてしまい、高度な技をあきらめた沖津飛沫は、コーチの示唆でこのスワンダイブを発見（＝再発見）し自分の可能性をこれに賭《か》けるのである。

また「守護神」（『風に舞いあがるビニールシート』に収録）は、仕事と学業との殺人的スケジュールに追いまくられている社会人学生の祐介が、学内でも有名な代筆職人のニシナミユキにレポートを頼み込む話で、しかしミユキは事情をうかがっているうち、祐介が本当に求めているのは代筆ではなく、グチを聞いてくれたり励ましてくれたりする友人なのだと喝破する……。「みっともなくもチンケな浮気願望」。「自分が自分であること」。「スワンダイブ」。「グチを聞いてほしいとの望み」。どれもが深さや複雑さ以前に存在しているごく当たり前の「日常」なのだが、しかしなぜ現代人はこうした自明性を容易《たやす》く看過してしまうのか。

人間は言語を使って考える。言語には、目の前にあるたんなる現実＝「日常」を「もし……」という仮定法を使って、または「しかし……」という逆説法を使って自由に否定し、そうやって手前に都合のいい世界を描き出す機能があり、そして現代人とはこの機能を自分の言い訳のために、冴えない「日常」を見ないためにあえて突出して発達させた人種だとしたらどうだろう。ところが森絵都は件《くだん》の言語機能を使う誘惑に耐え、というかむしろそれに逆らって、ありふれた「日常」の諸相から決して目を逸《そ》らさない。こうした人間的な「強さ」、すなわち反言語的な「強さ」こそ、森絵都に「日常」の発見（＝再発見）にまつわるさまざまな作品を書かせ、『いつかパラソルの下で』では現代人の心理にかんする鋭い洞察を与えた源泉なのである。

森絵都の「強さ」。実際、彼女は「日常」を発見（＝再発見）するばかりではなく、それをまるごと絶対的に肯定してしまう。父親の浮気についての長兄の意見を聞いて、野々は自分を振り返って思うのだ、私もまた「厳格な父親に歪《ゆが》んだかたちで育てられたから不感症になった」との言い訳に頼って、臆病《おくびょう》な生き方を誤魔化してきたのではなかったか、と。そして彼女は突然悟る。

「愛しても、愛しても、私自身はこの世界から愛されていないような、そんな気が心のどこかでいつもしていた。

受けいれても、受けいれても、私自身は受けいれられていない気がしていた。けれどもそれは私が父の娘であるせいではなく、ヤスの孫であるせいでもなく、（略）自分自身のせいですらなく、なべて生きるというのは元来、そういうことなのかもしれない」

野々の言うように、「日常」とは一皮剝《む》けば真実のたぐいが見つかる表面なのではないし、ましてやその手の真実に照らし合わせて価値を判定される対象なんかでもない。もし「真実」なるものがあるとしたら目の前の「日常」にこそ存在し、したがってそれがどんなにぶざまに情けない人生だとしても、人生とはそもそもそういうものだからにほかならない……。

森絵都はこれからも「日常」の発見（＝再発見）の物語のヴァリエーションを書き紡いでいくのだろう。そして読者はそんな物語から自明性にとどまり平凡さに耐え、自分のつまらない人生を受け入れるための勇気をもらうのだろう。

本書は二〇〇五年四月、小社より刊行された
単行本を文庫化したものです。

いつかパラソルの下《した》で

森《もり》 絵《え》都《と》

平成20年 4月25日 初版発行
令和7年 10月10日 11版発行

発行者●山下直久

発行●株式会社KADOKAWA
〒102-8177 東京都千代田区富士見2-13-3
電話 0570-002-301（ナビダイヤル）

角川文庫 15106

印刷所●株式会社KADOKAWA
製本所●株式会社KADOKAWA

表紙画●和田三造

●お問い合わせ
https://www.kadokawa.co.jp/（「お問い合わせ」へお進みください）
※内容によっては、お答えできない場合があります。
※サポートは日本国内のみとさせていただきます。
※Japanese text only

ISBN978-4-04-379105-7 C0193

◆◆◇

角川文庫発刊に際して

角川源義

第二次世界大戦の敗北は、軍事力の敗北であった以上に、私たちの若い文化力の敗退であった。私たちの文化が戦争に対して如何に無力であり、単なるあだ花に過ぎなかったかを、私たちは身を以て体験し痛感した。西洋近代文化の摂取にとって、明治以後八十年の歳月は決して短かすぎたとは言えない。にもかかわらず、近代文化の伝統を確立し、自由な批判と柔軟な良識に富む文化層として自らを形成することに私たちは失敗して来た。そしてこれは、各層への文化の普及滲透を任務とする出版人の責任でもあった。

一九四五年以来、私たちは再び振出しに戻り、第一歩から踏み出すことを余儀なくされた。これは大きな不幸ではあるが、反面、これまでの混沌・未熟・歪曲の中にあった我が国の文化に秩序と確たる基礎を齎らすためには絶好の機会でもある。角川書店は、このような祖国の文化的危機にあたり、微力をも顧みず再建の礎石たるべき抱負と決意とをもって出発したが、ここに創立以来の念願を果すべく角川文庫を発刊する。これまで刊行されたあらゆる全集叢書文庫類の長所と短所とを検討し、古今東西の不朽の典籍を、良心的編集のもとに、廉価に、そして書架にふさわしい美本として、多くのひとびとに提供しようとする。しかし私たちは徒らに百科全書的な知識のジレッタントを作ることを目的とせず、あくまで祖国の文化に秩序と再建への道を示し、この文庫を角川書店の栄ある事業として、今後永久に継続発展せしめ、学芸と教養との殿堂として大成せんことを期したい。多くの読書子の愛情ある忠言と支持とによって、この希望と抱負とを完遂せしめられんことを願う。

一九四九年五月三日

角川文庫ベストセラー

アーモンド入りチョコレートのワルツ　森　絵都

十三・十四・十五歳。きらめく季節は静かに訪れ、ふいに終わる。シューマン、バッハ、サティ、三つのピアノ曲のやさしい調べにのせて、多感な少年少女の二度と戻らない「あのころ」を描く珠玉の短編集。

つきのふね　森　絵都

親友との喧嘩や不良グループとの確執。中学二年のさくらの毎日は憂鬱。ある日人類を救う宇宙船を開発中の不思議な男性、智さんと出会い事件に巻き込まれる。揺れる少女の想いを描く、直球青春ストーリー！

DIVE《ダイブ》!!　(上)(下)　森　絵都

高さ10メートルから時速60キロで飛び込み、技の正確さと美しさを競うダイビング。赤字経営のクラブ存続の条件はなんとオリンピック出場だった。少年たちの長く熱い夏が始まる。小学館児童出版文化賞受賞作。

宇宙のみなしご　森　絵都

真夜中の屋根のぼりは、陽子・リン姉弟のとっておきの秘密の遊びだった。不登校の陽子と誰にでも優しいリン。やがて、仲良しグループから外された少女、パソコンオタクの少年が加わり……。

ラン　森　絵都

9年前、13歳の時に家族を事故で亡くした環は、ある日、仲良くなった自転車屋さんからもらったロードバイクに乗ったまま、異世界に紛れ込んでしまう。そこには死んだはずの家族が暮らしていた……。

角川文庫ベストセラー

気分上々　森　絵　都

"自分革命"を起こすべく親友との縁を切った女子高生、一族に伝わる理不尽な"掟"に苦悩する有名女優、無銭飲食の罪を着せられた中2男子……森絵都の魅力をすべて凝縮した、多彩な9つの小説集。

クラスメイツ〈前期〉〈後期〉　森　絵　都

部活で自分を変えたい千鶴、ツッコミキャラを目指す蒼太、親友と恋敵になるかもしれないと焦る里緒……中学1年生の1年間を、クラスメイツ24人の視点でリレーのようにつなぐ連作短編集。

リズム／ゴールド・フィッシュ　森　絵　都

中学1年生のさゆきは、いとこの真ちゃんが大好きだ。高校へ行かずに金髪頭でロックバンドの活動に打ち込む真ちゃんとずっと一緒にいたいのに、真ちゃんの両親の離婚話を耳にしてしまい……。

きみが見つける物語　十代のための新名作　休日編　編／角川文庫編集部

とびっきりの解放感で校門を飛び出す。この瞬間は嫌なこともすべて忘れて……読者と選んだ好評アンソロジーシリーズ。休日編には角田光代、恒川光太郎、万城目学、森絵都、米澤穂信の傑作短編を収録。

きみが見つける物語　十代のための新名作　運命の出会い編　編／角川文庫編集部

部活、恋愛、友達、宝物、出逢いと別れ……少年少女小説の名手たちが綴った短編青春小説6編を集めた、極上のアンソロジー。あさのあつこ、魚住直子、角田光代、笹生陽子、森絵都、椰月美智子の作品を収録。

角川文庫ベストセラー

セブンティーン・ガールズ
編／北上次郎

稀代の読書家・北上次郎が思春期後期女子が主人公の小説を厳選。大島真寿美、豊島ミホ、中田永一、宮下奈都、森絵都の作品を集めた青春小説アンソロジー。

クマのプー
A・A・ミルン
森　絵　都＝訳
村上　勉＝絵

百エーカーの森で暮らすプーは、ハチミツが大好物。雨雲に扮してハチミツをとろうとしたり、謎の動物を追跡したり……クリストファー・ロビンや森の仲間と繰り広げる冒険に、心が温かくなる世界的名作。

プー通りの家
A・A・ミルン
森　絵　都＝訳

百エーカーの森に新しい仲間ティガーがやってきた！暴れん坊だけど無邪気な幼い彼に森のみんなはてんやわんや。次々起きる事件と近づくクリストファー・ロビンの旅立ち。話題の新訳で読むクマのプー完結編！

クマのプー　世界一のクマのお話
原案／A・A・ミルン
森　絵　都＝訳
キャラクター原案／E・H・シェパード
作／ポール・ブライト　他
絵／マーク・バージェス

時代も国境も超えて愛されてきたプーの生誕90周年を祝し、4人の人気児童作家が著した公式続編。プーと森の仲間たちが春夏秋冬4つの季節を舞台にくり広げる、懐かしくも新しい心温まる物語。オールカラー！

そんなはずない
朝倉かすみ

30歳の誕生日を挟んで、ふたつの大災難に見舞われた鳩子。婚約者に逃げられ、勤め先が破綻。変わりものの妹を介して年下の男と知り合った頃から、探偵にもつきまとわれる。果たして依頼人は？　目的は？

角川文庫ベストセラー

少女奇譚 あたしたちは無敵
朝倉かすみ

小学校の帰り道で拾った光る欠片。敵と闘って世界を救うヒロインに、きっとあたしたちは選ばれた。でも、魔法少女だって、死ぬのはいやだ。(表題作)など、少女たちの日常にふと覗く「不思議」な落とし穴。

タイニー・タイニー・ハッピー
飛鳥井千砂

東京郊外の大型ショッピングセンター、「タイニー・タイニー・ハッピー」、略して「タニハピ」。今日も「タニハピ」のどこかで交錯する人間模様。葛藤する8人の男女を瑞々しくリアルに描いた恋愛ストーリー。

アシンメトリー
飛鳥井千砂

結婚に強い憧れを抱く女。結婚に理想を追求する男。結婚に縛られたくない女。結婚という形を選んだ男。非対称(アシンメトリー)なアラサー男女4人を描いた、切ない偏愛ラプソディ。

砂に泳ぐ彼女
飛鳥井千砂

やりがいを見つけるため上京した紗耶加は、気の合う同僚に恵まれ充実していた。しかし半同棲することになった彼氏の言動に違和感を覚えていく。苦悩する紗耶加を救ったのは思いがけない出会いだった——。

正義のセ ユウズウキカンチンで何が悪い!
阿川佐和子

東京下町の豆腐屋生まれの凜々子はまっすぐに育ち、やがて検事となる。法と情の間で揺れてしまう難事件、恋人とのすれ違い、同僚の不倫スキャンダル……山あり谷ありの日々にも負けない凜々子の成長物語。

角川文庫ベストセラー

正義のセ2 史上最低の三十歳！
阿川佐和子

女性を狙った凶悪事件を担当することになり気合十分の凜々子。ところが同期のスキャンダルや、父の浮気疑惑などプライベートは恋のトラブル続き！　しかも自信満々で下した結論が大トラブルに発展し⁉

正義のセ3 名誉挽回の大勝負！
阿川佐和子

小学校の同級生で親友の明日香に裏切られた凜々子。さらに自分の仕事のミスが妹・温子の破談をまねいていたことを知る。自己嫌悪に陥った凜々子は同期の神蔵守にある決断を伝えるが……⁉

正義のセ4 負けっぱなしで終わるもんか！
阿川佐和子

尼崎に転勤してきた検事・凜々子。ある告発状をもとに捜査に乗り出すが、したたかな被疑者に翻弄されて取り調べは難航し、証拠集めに奔走する。プライベートではイケメン俳優と新たな恋の予感⁉

落下する夕方
江國香織

別れた恋人の新しい恋人が、突然乗り込んできて、同居をはじめた。梨果にとって、いとおしいのは健悟なのに、彼は新しい恋人に会いにやってくる。新世代のスピリッツと空気感溢れる、リリカル・ストーリー。

泣かない子供
江國香織

子供から少女へ、少女から女へ……時を飛び越えて浮かんでは留まる遠近の記憶、あやふやに揺れる季節の中でも変わらぬ周囲へのまなざし。こだわりの時間を柔らかに、せつなく描いたエッセイ集。

角川文庫ベストセラー

冷静と情熱のあいだ Rosso　江國香織

2000年5月25日ミラノのドゥオモで再会を約したかつての恋人たち。江國香織、辻仁成が同じ物語をそれぞれ女の視点、男の視点で描く甘く切ない恋愛小説。

泣く大人　江國香織

夫、愛犬、男友達、旅、本にまつわる思い……刻一刻と姿を変える、さざなみのような日々の生活の積み重ねを、簡潔な洗練を重ねた文章で綴る。大人がほっとできるような、上質のエッセイ集。

はだかんぼうたち　江國香織

9歳年下の鯖崎と付き合う桃。母の和枝を急に亡くした、桃の親友の響子。桃がいながらも響子に接近する鯖崎……〝誰かを求める〟思いにあまりに素直な男女たち＝〝はだかんぼうたち〟のたどり着く地とは――。

アンジェリーナ　佐野元春と10の短編　小川洋子

時が過ぎようと、いつも聞こえ続ける歌がある――。佐野元春の代表曲にのせて、小川洋子がひとすじの思いを胸に心の震えを奏でる。物語の精霊たちの歌声が聞こえてくるような繊細で無垢で愛しい恋物語全十篇。

妖精が舞い下りる夜　小川洋子

人が生まれながらに持つ純粋な哀しみ、生きることそのものの哀しみを心の奥から引き出すことが小説の役割ではないだろうか。書きたいと強く願った少女は成長し作家となって、自らの原点を明らかにしていく。

角川文庫ベストセラー

水の繭　大島真寿美

母と兄、そして父も、私をおいていなくなった。ひとりぼっちのとうこのもとに転がりこんできた従妹。別居する兄は不安定な母のため、時々とうこになりかわっていた。喪失を抱えながら立ちあがる少女の物語。

宙の家　大島真寿美

女子高に通う雛子の家は、マンションの11階にある4LDK。暇さえあれば寝てしまう雛子、一風変わった弟の真人、最近変な受け答えをするようになった祖母。ぎりぎりで保たれていた家族の均衡が崩れだす。

チョコリエッタ　大島真寿美

幼稚園のときに事故で家族を亡くした知世子。孤独を抱え「チョコリエッタ」という虚構の名前にくるまり逃避していた彼女に、映画研究会の先輩・正岡はカメラを向けて……こわばった心がときほぐされる物語。

戦友の恋　大島真寿美

「友達」なんて言葉じゃ表現できない、戦友としか呼べない玖美子。彼女は突然の病に倒れ、帰らぬ人となった。彼女がいない世界はからっぽで、心細くて……大注目の作家が描いた喪失と再生の最高傑作！

かなしみの場所　大島真寿美

離婚して雑貨を作りながら細々と生活する果那。離婚のきっかけになった出来事のせいで家では眠れず、雑貨の卸し先梅屋で熟睡する日々。昔々、子供の頃に誘拐されたときのことが交錯する、静かで美しい物語。

角川文庫ベストセラー

ほどけるとける　大島真寿美

女の子特有の仲良しごっこの世界を抜け出したくて、高校を突発的に中退した美和。祖父が営む小さな銭湯を手伝いながら、取りまく人々との交流を経て、進路を見いだしていく。ほわほわとあたたかな物語。

ファミリー・レス　奥田亜希子

「家族か、他人か、互いに好きなほうを選ぼうか」ふた月に1度だけ会う父娘、妻の家族に興味を持てない夫。家族と呼ぶには遠すぎて、他人と呼ぶには近すぎる――現代的な〝家族〟を切り取る珠玉の短編集。

幸福な遊戯　角田光代

ハルオと立人とわたし。恋人でもなく家族でもない者同士の共同生活は、奇妙に温かく幸せだった。しかし、やがてわたしたちはバラバラになってしまい――。瑞々しさ溢れる短編集。

ピンク・バス　角田光代

夫・タクジとの間に子を授かり浮かれるサエコの家に、タクジの姉・実夏子が突然訪れてくる。不審な行動を繰り返す実夏子。その言動に対して何も言わない夫に苛つき、サエコの心はかき乱されていく。

あしたはうんと遠くへいこう　角田光代

泉は、田舎の温泉町で生まれ育った女の子。東京の大学に出てきて、卒業して、働いて。今度こそ幸せになりたいと願い、さまざまな恋愛を繰り返しながら、少しずつ少しずつ明日を目指して歩いていく……。

角川文庫ベストセラー

愛がなんだ　角田光代

ＯＬのテルコはマモちゃんにベタ惚れだ。彼から電話があれば仕事中に長電話、デートとなれば即退社。全てがマモちゃん最優先で会社もクビ寸前。濃密な筆致で綴られる、全力疾走片思い小説。

いつも旅のなか　角田光代

ロシアの国境で居丈高な巨人職員に怒鳴られながら激しい尿意に耐え、キューバでは命そのもののように人々にしみこんだ音楽とリズムに驚く。五感と思考をフル活動させ、世界中を歩き回る旅の記録。

恋をしよう。夢をみよう。旅にでよう。　角田光代

「褒め男」にくらっときたことありますか？　褒め方に下心がなく、しかし自分は特別だと錯覚させる。ついに遭遇した褒め男の言葉に私は……ゆるゆると語り合っているうちに元気になれる、傑作エッセイ集。

薄闇シルエット　角田光代

「結婚してやる」と恋人に得意げに言われ、ハナは反発する。結婚を「幸せ」と信じにくいが、自分なりの何かも見つからず、もう37歳。そんな自分に苛立ち、戸惑うが……ひたむきに生きる女性の心情を描く。

西荻窪キネマ銀光座　角田光代　三好銀

ちっぽけな町の古びた映画館。私は逃亡するみたいに座席のシートに潜り込んで、大きなスクリーンに映し出される物語に夢中になる——名作映画に寄せた想いを三好銀の漫画とともに綴る極上映画エッセイ！